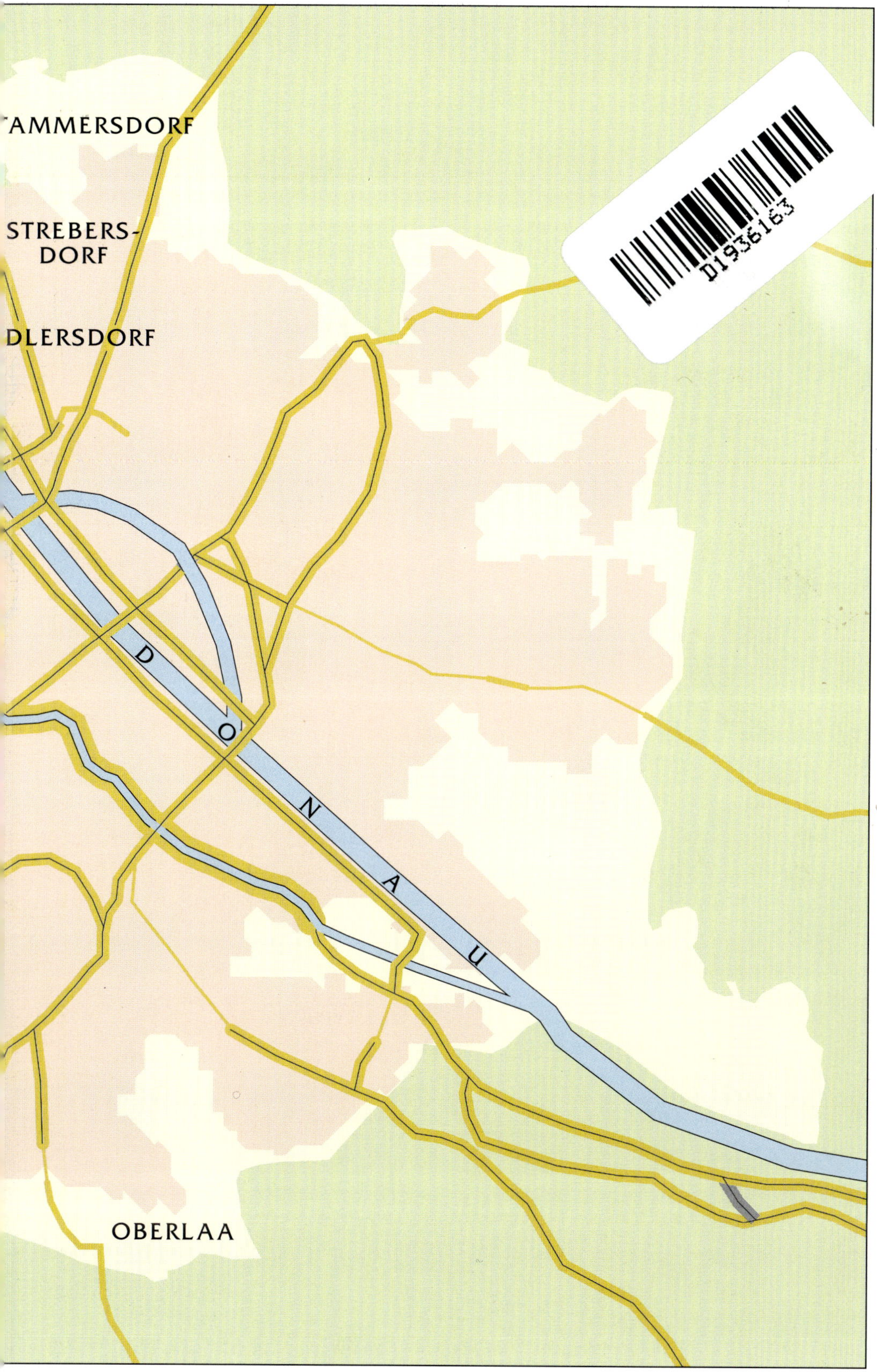

AMMERSDORF
STREBERS-
DORF
DLERSDORF
D O N A U
OBERLAA

Collection Rolf Heyne

WOLFRAM SIEBECK

DIE Heurigen VON WIEN

Mit Bewertung von
Wein, Küche und Ambiente
Fotografiert
von Herbert Lehmann

WILHELM HEYNE VERLAG
MÜNCHEN

Schutzumschlag und grafische Gestaltung:
Art & Design Norbert Härtl, München
Satz: KortSatz GmbH, München
Repro, Druck und Bindung: RMO Druck, München
Printed in Germany

ISBN 3-453-12899-0 Wilhelm Heyne Verlag
GmbH & Co. KG, München
(Vertriebsgebiet Deutschland und Schweiz)

ISBN 3-85058-141-1 EDITION WIEN in der
Verlagsbuchhandlung Pichler Ges.m.b.H., Wien
(Vertriebsgebiet Österreich)

INHALT

Wolfram Siebeck im Gespräch mit Michael Horowitz 6

Einleitung 9

Die Benotungen.......... 11

Rangliste der Heurigen.... 12

Grinzing 13

Grinzing
Reinprecht 15
Bach-Hengl 21
Obermann 27
Raimund Berger 31
Wolf-Köller.............. 35

Oberlaa
Karl Wieselthaler 39

Neustift am Walde
Fuhrgassl-Huber 43
Weinhof Zimmermann 47
Nierscher 51
Preßhaus Huber 55
Wolff 61
Schübel-Auer 67

Nußdorf
Kierlinger 71
Mandahus 75
Diem 79

Heiligenstadt
Feuerwehr-Wagner 85
Mayer am Pfarrplatz 89
Karl Welser 95
Zimmermann 99
Muth 103

Döbling
Prillinger-Metzger 107
Hengl-Haselbrunner 111

Stammersdorf
Wieninger 117
Fritsch-Wanderer 121
Gerhard Klager 127
Reinbacher 131
Strasser 135
Olszewski 139
Steiner 143
Schmidt 147
Leopold Klager 151

Sievering
Mantler 155
Haslinger 159
Nikisch 163

Perchtolsdorf
Sonnberghaus 169
Barbach 173
Kas Nigl 177
Rabl 181

Mauer
Steinklammer 185

Weidling
Nierscher 191

Ottakring
Stippert 197
Gerti Huber 201

Strebersdorf
Petritsch 205
Schilling 209
Eckert 213

Jedlersdorf
Christ 217
Lentner, Richard 221
Lentner, Karl 225
Fuchs 229
Breyer 235

Glossar 239

Register 240

Wolfram Siebeck im Gespräch mit Michael Horowitz

Sie haben die komfortable Umgebung von Hauben- und Sternen-Restaurants für einige Zeit mit harten Holzbänken und dem oft rauhen Charme der Serviererinnen bei Wiener Heurigen vertauscht. Wie haben Sie sich dabei gefühlt?
Die Bänke mögen ja hart sein, aber der Charme der Serviererinnen ist keineswegs rauh! Er hat sehr oft dazu beigetragen, daß ich mich so wohl gefühlt habe.
Für den Wiener stellt der Heurige Labsal für Körper und Seele dar. Ein Platz, an dem oft kollektive Gemütlichkeit gepflegt wird. Wie fühlt man sich da als Neuankömmling, als Fremder, als »Zuagrasta«?
Na ja, beim ersten Mal ist's schon ein bißchen exotisch. So müssen sich Japaner im Münchener Hofbräuhaus fühlen oder Wiener auf Sylt.
Ist der Heurige für Sie eine Wiener Institution wie die Sängerknaben, das Riesenrad oder die Lipizzaner?
Warum sollte ich es leugnen? Charakteristische Einrichtungen wie der Heurige erfüllen Vorstellungen, die in unserem Kopf Klischee geworden sind. Eben wie die Lipizzaner. Oder die Motels an amerikanischen Highways. Das belebt den Tourismus.
Worin besteht der Unterschied zwischen dem Wiener Heurigen und anderen Plätzen in Europa, wo man zusammenkommt, um sich zu entspannen und um beim Wein die Sorgen des Alltags zu vergessen?
In der Mentalität der Wiener Weinbeißer. Sie reden vom Wein, leben für den Wein und widmen ihm dankbare Lieder. Das findet man nur in Wien.

Schweinsstelzen, Schmalzbrote und Salzgurken – wie haben Sie das Essen beim Heurigen empfunden? Jemand hat erzählt, daß Sie von einer Heurigen-Schweinefleisch-Diät berichtet haben. Wie haben Sie zwischen Blunzen und Kümmelbraten überlebt?
Sie müssen berücksichtigen, daß ich mich monatelang jeden Tag beim Heurigen ernährt habe, oft auch zweimal täglich. Das ist nicht normal, da haben Sie manchmal das Gefühl, es wächst Ihnen ein Rüssel im Gesicht.
Wo hat Sie die Atmosphäre am meisten beeindruckt?
Bei jenen Heurigen, die eindeutig von der Nachbarschaft geprägt sind und fur viele Weinbeißer ein verlängertes Wohnzimmer darstellen.
Was würden Sie einem Fremden raten, wo soll er zuerst hingehen? Nach Grinzing oder Sievering – oder vielleicht gleich zu einem der kleinen, nicht so bekannten Plätze in Stammersdorf, Jedlersdorf, Oberlaa oder Ottakring?
Wissen Sie, bei einem Neuling ist die Erfüllung der erwähnten Klischeevorstellung ungemein wichtig. Also würde ich einen Fremden tatsächlich nach Grinzing schicken, obwohl jeder Wiener darüber die Nase rümpft. Oft übrigens zu Unrecht; denn die Weine können dort sehr gut sein, und der Professionalismus mancher Betriebe wirkt ungemein beruhigend. Jedlersdorf ist für Fortgeschrittene.
Wie verhalten sich die Wiener beim Heurigen, wenn Sie schon mehr als einen »leichten Spitz« (ein kleines Räuscherl) haben? Gab es bestimmte Erlebnisse?
In diesem Punkt sind sie wie alle Weintrinker, also angenehme Tischnachbarn.
Wie haben Sie die Weinqualität beim Heurigen empfunden?
Unterschiedlich, das versteht sich von selbst. Von sehr gut bis weniger gut.
Das ist bereits das dritte Buch, das Sie nach Wien geführt hat. Nach den Beisln und den Kaffeehäusern ist der Heurige die dritte

Wiener Institution, der sie sich unerschrocken näherten. Wenn man diese drei »Wiener Heiligtümer« vergleicht – wo haben Sie am leichtesten Zugang gefunden?
Unerschrocken ist das falsche Wort. Neurierig, mit großen Erwartungen – wie man sich eben einer Sache nähert, die man immer schon kennenlernen wollte. So war es bei allen drei Themen. Die Unterschiede waren lediglich sportlicher Art, wie es bei einer Melange einerseits und vier Vierteln Wiener Wein andererseits unvermeidlich ist.
In einem Wiener Trinklied aus dem 18. Jahrhundert heißt es, wer »niemals einen Rausch hat g'habt, der ist ein schlechter Mann«. Herrscht beim Heurigen aus Ihrer Sicht eher kollektives Rausch-Erlebnis vor, oder sind die Heurigen-Besucher eher nur fröhlich und beschwingt?
Das kollektive Rausch-Erlebnis suchen beim Heurigen doch wohl nur die Fremden, die einmaligen Besucher.
Wie haben Sie denn überhaupt die oft zitierte »Wiener Gemütlichkeit« empfunden?
Das ist mit wenigen Worten nicht zu beschreiben. Sie ist ja überall zu erleben, diese Gemütlichkeit, nicht nur beim Heurigen, und sie entspricht wieder so sehr allen Klischees, daß man sie nehmen sollte, ohne sie analysieren zu wollen.
Nachdem Sie jetzt dreimal in kulinarischem Auftrag in Wien waren – wie würden Sie denn einem Freund in Deutschland oder Frankreich diese Stadt, in der er noch nie war, beschreiben?
Wien ist Kulturhauptstadt des deutschsprachigen Europas, mit dem exotischsten Markt, den besten Weingläsern, den niedrigsten Wolkenkratzern und der fixesten Stadtreinigung. Für weitere Superlative würde ich die Feuilletons deutscher Zeitungen und meine Bücher über die Beisln und die Kaffeehäuser empfehlen.

EINLEITUNG

Heurige sind mit Weinlaub umrankte Biedermeierfassaden, hinter denen die Wiener zur Welt kommen und ihre Identität finden. Hier erkennen sie, wer sie sind, hier schützen sie sich vor sich selbst. Ein Heuriger ist eine ausschließlich dem Wiener verständliche Einrichtung, die kein Fremder, und mag er gleichzeitig mit tausend anderen Fremden vor den Toren stehen, je begreift. Allein schon der verwirrende Umstand, daß ›Heuriger‹ einerseits einen jungen Wein bezeichnet, dann aber auch den Ort, wo er ausgeschenkt wird, sollte alle entmutigen, die glauben, den Mythos Heurigen entschlüsseln zu können.

Sein Reiz beruht auf seiner romantischen Herkunft und der unerklärlichen Wirkung, die er auf moderne Menschen ausübt.

Man darf das nicht mit der Wirkung des Alkohols verwechseln. Die ist natürlich wichtig, weil sonst die fröhlichen und schwermütigen Lieder, die der Wiener im Heurigen singt, nicht ganz verständlich wären. Seine Abstammung von den romantischen Genrebildchen des

Ludwig Richter, der den Idealheurigen erfunden hat, den die Wiener seitdem für eine Realität halten, macht ihn für Kritiker unangreifbar.

Kulinarisch gesehen ist ein Heuriger nicht außergewöhnlich, bestenfalls gewöhnungsbedürftig. Das Angebot ist monoton. Der Wein ist immer jung und ganz jung, der Schweinsbraten immer frisch oder ganz frisch. Originalität ins Speisenangebot bringt lediglich der Liptauer, eine cremige Spezialität, die andere Völker sich nicht so leicht aufs Brot schmieren würden, wenn sie Wein trinken. Dennoch gibt es Unterschiede. Die sind selten dramatisch, eher im Detail zu entdecken. Sie zu beschreiben, ist der Zweck dieses Buches.

DIE BENOTUNGEN

Die jeweilige Bestnote für die Bewertungen der Heurigen (Wein, Büffet, Ambiente, Garten) ist 4. Das bedeutet aber nicht, daß die **Note 1 (*)** auf einen unterdurchschnittlichen Heurigen hinweist. Alle hier aufgeführten Heurigen sind auf irgendeine Weise empfehlenswert.

Die Gesamtpunktzahl (es werden theoretisch maximal 100 Punkte vergeben) stellt eine subjektive Rangfolge dar. Sie errechnet sich zwar auch aus den Einzelbewertungen, jedoch

– habe ich sie erhöht, wenn eine in jedem Detail spürbare Sorgfalt, außergewöhnliche Weine oder eine besonders reizvolle Atmosphäre durch die **Note 4 (****)** nicht ausreichend gewürdigt waren,

– oder ich habe sie verringert, wenn schlechte Beleuchtung, ungenügender Service, mangelnde Sauberkeit und eine sonstwie ungastliche Atmosphäre den Gesamteindruck negativ beeinflußten.

Im übrigen gilt: Stammgäste haben immer recht.

Es ist damit zu rechnen, daß die Auswahl an einigen Büffets nicht mit meiner Beschreibung übereinstimmt. So können bei Hochbetrieb die Vorräte bereits am Abend deutlich dezimiert sein; am Montag drücken aufgewärmte Speisen vom Wochenende das Niveau.

Ebenfalls können von den beschriebenen Weinen einige fehlen, andere Sorten, die bei meinem Besuch im Heurigen ausgetrunken waren, durch einen neuen Jahrgang ersetzt sein. Schließlich muß mit unterschiedlichen Jahrgangsqualitäten gerechnet werden.

RANGLISTE DER HEURIGEN

Fuchs, Jedlersdorf (93 Punkte) 229
Hengl-Haselbrunner, Döbling (92 P.) 111

Breyer, Jedlersdorf (88 P.) 235
Eckert, Strebersdorf (88 P.) 213
Mayer am Pfarrplatz, Heiligenstadt (88 P.) 89
Rabl, Perchtoldsdorf (88 P.) 181
Nierscher, Weidling (87 P.) 191
Reinprecht, Grinzing (87 P.) 15
Zimmermann, Heiligenstadt (87 P.) 99
Barbach, Perchtoldsdorf (86 P.) 173
Steinklammer, Mauer (86 P.) 185
Haslinger, Sievering (85 P.) 159
Schübel-Auer, Neustift (85 P.) 67
Christ, Jedlersdorf (84 P.) 217
Kas Nigl, Perchtoldsdorf (84 P.) 177
Muth, Heiligenstadt (84 P.) 103
Petritsch, Strebersdorf (84 P.) 205
Kierlinger, Nußdorf (82 P.) 71
Lentner, Karl, Jedlersdorf (82 P.) 225
Lentner, Richard, Jedlersdorf (82 P.) 221
Weinhof Zimmermann, Neustift (82 P.) 47
Feuerwehr-Wagner, Heiligenstadt (81 P.) 85
Obermann, Grinzing (81 P.) 27
Welser, Karl, Heiligenstadt (81 P.) 95
Leopold Klager, Stammersdorf (80 P.) 151
Diem, Nußdorf (80 P.) 79
Preßhaus Huber, Neustift (80 P.) 55

Schilling, Strebersdorf (79 P.) 209
Nikisch, Sievering (78 P.) 163
Olszewski, Stammersdorf (78 P.) 139
Steiner, Stammersdorf (78 P.) 143
Strasser, Stammersdorf (78 P.) 135
Fuhrgassl-Huber, Neustift (75 P.) 43
Klager, Gerhard, Stammersdorf (75 P.) 27
Stippert, Ottakring (75 P.) 197
Schmidt, Stammersdorf (73 P.) 147
Berger, Raimund, Grinzing (72 P.) 31
Fritsch-Wanderer, Stammersdorf (72 P.) 121
Wieninger, Stammersdorf (72 P.) 117

Nierscher, Neustift (69 P.) 51
Wolf-Köller, Grinzing (69 P.) 35
Reinbacher, Stammersdorf (68 P.) 131
Prillinger-Metzger, Döbling (65 P.) 107
Wolff, Neustift (65 P.) 61
Huber, Gerti, Ottakring (63 P.) 201
Bach-Hengl, Grinzing (62 P.) 21
Mantler, Sievering (62 P.) 155
Mandahus, Nußdorf (60 P.) 75

Sonnberghaus, Perchtoldsdorf (58 P.) 169
Wieselthaler, Karl, Oberlaa (58 P.) 39

GRINZING

Die meisten Fremden setzen den Wiener Vorort Grinzing mit den Heurigen gleich. Das ist nicht falsch, da er auf den ersten Blick ausschließlich aus Heurigen zu bestehen scheint. Jedenfalls wird die allabendliche Betriebsamkeit in den schmalen Gassen des am Hang gelegenen Stadtviertels von Weinbeißern verursacht, die mit Taxis und Bussen, per Lipizzaner und, wenn es sein muß, auch auf allen vieren hier eintreffen, um sich der Disziplin des Weinbeißens zu unterwerfen. Darunter muß man sich ein buntes, folkloristisches Treiben vorstellen, dem Pow-Wow der Komantschen nicht unähnlich, zu dem Krieger und Squaws zusammenkommen, um zu essen und zu trinken, zu trinken und zu essen. Und dazwischen, manchmal auch gleichzeitig, singen sie Lieder.

Diese Lieder sind bemerkenswert. Ihre Besonderheit besteht in den Instrumenten, mit denen die Weinbeißer sie der gesamten Nachbarschaft zu Gehör bringen. Es sind Zither und Geige oder Akkordeon und Gitarre. Damit erzeugen einige Musik, zu der alle singen. Dies gehört zur Tradition in Grinzing, wo Ludwig van Beethoven bekanntlich lange gelebt hat und sogar taub wurde.

Die 38 fährt vom Schottentor direkt nach Grinzing. Der beliebte Vorort hat durch die vielen Besucher gewiß etwas von seinem authentischen Charakter eingebüßt. Aber sie nehmen dort keinen Eintritt wie in Disneyland. Nach wie vor ist Grinzing eine dorfähnliche Vorstadt mit jenem biedermeierlichen Charme, der für einen Wiener alltäglich ist, den Fremden jedoch automatisch zur Kamera greifen läßt. Der Wunsch nach einer Innenaufnahme läßt ihn die Schwelle übertreten. So gelangt er ins Himmelreich. Um die Endstation der Straßenbahn herum ist es in jedem zweiten Haus zu finden. Als ich die 38 verließ und die dicken Linden und Kastanien vor dem herausgeputzten Biedermeier grünen sah, schlug mein Puls freudig ein paar Takte schneller. Ich ahnte: Das ist genau das, was mir der Arzt verordnet hat.

REINPRECHT

87

Grinzing
19, Cobenzlgasse 22
Tel. 320 14 71-0

Geöffnet März bis November,
täglich ab 15 Uhr

WEIN	AMBIENTE
****	****
BÜFFET	GARTEN
***	***

Ob drinnen oder im Garten: Der Service beim Reinprecht ist professionell und freundlich.

Es scheint ein untypischer Samstag zu sein. Schon die halbleere Straßenbahn hatte uns gewundert. Jetzt betreten wir, nur hundert Meter von der Endstation entfernt, das Haus Nummer 22 in der Cobenzlgasse. Hinter dem Eingang, in einem Vorhof, empfängt uns zwar ein Drehorgelmann mit dem Stimmungslied »Rosamundeeeeh ...«, aber sonst ist niemand da. Nur Korkenzieher. In Schaukästen, Vitrinen, hinter Glas, an den Wänden – wohin man blickt, sieht man Korkenzieher. Hunderte, Tausende von Korkenziehern in allen Formen und Systemen, ein Korkenziehermassengrab, nicht unähnlich jener Reiterarmee aus Ton, die in China gefunden wurde. Zehn Schritte weiter öffnet sich eine Tür zum Garten mit Gästen. Immerhin sitzen sie nicht auf Plastikstühlen, was in einem Heurigengarten so stillos wäre wie Barhocker in der Kirche.

Leider ziehen dunkle Wolken auf, und so suchen wir einen Platz im Inneren. Dort ist es urgemütlich. Holztische – nein, keine Antiquitäten –, Bänke, eine wunderschöne alte Holzdecke, Bilder vom Trödelmarkt, folkloristische Lampen und all der liebe Kitsch, der ein Gasthaus auf dem Lande so gemütlich macht, einschließlich einer aufs Prächtigste dekorierten Kaiserstube. Und, natürlich, Musik.

Sie wird von zwei Männern verursacht, von denen der eine aussieht wie ein Toreador, der seine Carmen sucht; er spielt Gitarre. Der andere, ungefähr doppelt so alt, schläft über einem Akkordeon, dem er aber – der Begriff *schlafwandlerisch sicher* ist hier angebracht – die jeweils nötigen Töne in tadellosem Zustand und Tempo entquetscht, so daß wir uns beherrschen müssen, um nicht das schöne Lied »Tante Hedwig, Tante Hedwig, die Nähmaschine geht nich ...« mitzusingen.

Um es vorwegzunehmen: Der Service in diesem Heurigen von feschen Damen im Dirndl ausgeübt, ist außerordentlich professionell, das heißt freundlich und fix. Die Weine aber sind hervorragend. In einem Heurigen werden ausschließlich Weine eigener Produktion ausgeschenkt. Also keine Wachauer Rieslinge, kein Corton-Charlemagne und kein Tignanello. Nur was vor und hinter dem Haus und in überschaubarer Entfernung davon wächst, und vorzugsweise die jungen Weine des kuranten Jahrgangs, eben die Heurigen. Das Erkennungszeichen für diese Kühnheit ist ein grüner Zweig (der Buschen) über der Tür.

Da ich, was Heurige angeht, untrainiert bin, will ich beim ersten meine Leber nur im Schongang bewegen und trinke statt des üblichen Viertelliters, den der zünftige Weinbeißer hier bestellt, nur jeweils ein Achtel. Bis jetzt habe ich von den Weinen des Weinguts Reinprecht in Grinzing, abgesehen vom üblichen Mischsatz – das ist ein Wein aus verschiedenen Traubensorten –, nur folgende Weine probiert: Grüner Veltliner, Riesling, Chardonnay, Pinot Blanc, Pinot Noir, Cabernet Sauvignon, Gewürztraminer Auslese und noch ein paar andere. Die meisten Weine sind trocken ausgebaut, viele mit Medaillen ausgezeichnet; sie werden in vorbildlichen Gläsern ausgeschenkt.

Ein Heurigenlokal wird nicht nur von sportiven Schnellsäufern besucht, sondern auch von magenknurrenden Karnivoren. Und auch die finden bei Reinprecht Dinge, die in manchen Kleinrestaurants der Innenstadt in schlechterer Qualität angeboten werden. Da ist zum Beispiel der Schweinsbraten, der zwar wie alle heißen Gerichte in der Schauvitrine die Wärme nicht halten kann, aber auch noch lauwarm von unerwarteter Saftigkeit und Zartheit ist. Da fehlt dem Blunzengröstel die übliche Plumpheit, dem Backhendl zwar das Salz, aber auch diese ebenso bizarre wie traditionelle Wiener Spezialität läßt sich mit einem trockenen 94er Riesling elegant hinunterspülen.

Ferner probierte ich, unterstützt von meinem Pfadfinder, die passablen Schinkenfleckerl, einen köstlichen Salat von Schwarzwurzeln, den Makkaroniauflauf, die weißen Bohnen, den Apfelstrudel und noch dies und das. War alles gut.

Als wir den Reinprecht verlassen, spielen sie etwas von Robert Stolz, der hier Stammgast war, und am Nachbartisch singen alle mit. Mein Begleiter schüttelt den Kopf.

»Es singen zu wenige. Nur ein Tisch.«

»Was bedeutet das?«

»Wir sind zur falschen Zeit hier.«

Also gehen wir am nächsten Tag noch einmal zum Reinprecht, aber zwei Stunden später. Es ist eine andere Welt. Der Boden vibriert unter unseren Füßen, als wir die Straßenbahn verlassen, die Biedermeierfassaden sind hinter doppelstöckigen Reisebussen verschwunden, Men-

Auch Karnivoren finden bei Reinprecht manches, das in der Innenstadt in schlechterer Qualität angeboten wird.

schen jeglichen Alters und jeglicher Hautfarbe schieben sich durch die Gassen, ergießen sich aus den Toren der Heurigen oder verschwinden darin, und aus allen Fenstern und Türen dröhnt Fröhlichkeit. Wir zwängen uns in das vertraute gelbe Haus in der Cobenzlgasse, klettern über den niedergetrampelten Drehorgelmann und werden von der brodelnden Menge nach innen geschoben. Eine Dirndl-Dame mit der Autorität einer Verkehrsampel drängt uns zu einem Tisch, an dem ein Ehepaar aus Paderborn sich über einer riesigen Portion Schweinsbraten, Sauerkraut und Erdäpfelgröstel seine Eindrücke zubrüllt. Natürlich verstehen sie, wie wir, kein Wort, weil am Nachbartisch die Hölle los ist. Da sitzen die beiden Musikanten inmitten einer Gesellschaft, die von zwei hochbetagten Damen angeführt und angefeuert wird. Ein Lied nach dem anderen wird gespielt, und alle singen mit, am lautesten die beiden Omas.

Wenn ich sage, alle singen, so meine ich alle, die da unter der alten Holzdecke und in den Nebenräumen über ihren Bratwürsten sitzen und sich den jungen Wein durch die Gurgel jagen. Fünfhundert sind es mindestens.

BACH-HENGL

62

Grinzing
19, Sandgasse 7–9
Tel. 320 24 39-0

Ganzjährig geöffnet,
täglich ab 16 Uhr

WEIN	AMBIENTE
*	**
BÜFFET	GARTEN
***	****

Heurigen-Romantik, wie sie im Buche steht: Im romantischen Innenhof …

So muß man sich die Heurigen-Romantik vorstellen: Man sitzt im Innenhof eines Winzerhauses, dicht über dem Toupet hängen dunkelblaue, pralle Trauben, darüber bilden alte Kastanienbäume einen weiteren Schutz vor schädlichen Sonnenstrahlen, Tisch und Bänke stehen nicht gedrängt, sondern in komfortablem Abstand zueinander, sie sind selbstverständlich aus Holz, und darauf schwappt im traditionellen Henkelglas der köstliche Heurige.

Im Falle dieser Adresse, nur fünfzig Meter von der Endstation der Straßenbahn entfernt, könnte das eine exakte Beschreibung sein, gäbe es da nicht zwei abweichende Details: Die Sonne scheint nicht, deshalb wird heute nur im Haus serviert, und der Wein im Henkelglas ist keineswegs köstlich, sondern eher das, wovor mich der Sportsfreund aus dem 1. Bezirk gewarnt hat: nämlich ohne Charakter, also reizlos.

Außerdem ist die Auswahl bescheiden: gemischter Satz, Weißburgunder und als Flaschenweine Rheinriesling, Weißburgunder und ein Rotwein.

»Weißburgunder ist eine Spätlese. Wird aber gern getrunken!« Ich habe nicht nachgefragt, von wem die Spätlese gern getrunken wird, und den Rheinriesling bestellt. Eine Flasche. Ebenfalls ohne Charakter, aber mit etwas...

»Haben Sie was im Glas? Soll ich Ihnen helfen?«

»Lassen Sie nur, wird eine Essigfliege sein.«

Ihre Hilfsbereitschaft ist nicht einzudämmen. Sie entwindet mir das Glas und betrachtet das schwarze Etwas. »Ist keine Essigfliege«, entscheidet sie kenntnisreich.

»Vielleicht ein Floh?«

»Könnte Spinne sein.«

»Oder Reblaus?«

Die Serviererin beendet das entomologische Quiz, indem sie einige Papierservietten nimmt und darüber mein Glas leert.

»Nun isses weg!«

... sitzt man geschützt unter dem Blätterdach alter Kastanienbäume.

Im Innenhof des Winzerhauses bieten Weinlaub und alte Kastanienbäume hinreichend Schutz vor schädlichen Sonnenstrahlen.

Es kommt noch ein Asiate an unseren Tisch, der versucht, mir eine Sonnenbrille zu verkaufen. Dann ankert ein Jumbo-Bus vor dem Haus, die Passagiere verlassen ihn über Notrutschen, so daß sie direkt vor dem Büffet landen.

Das Brathuhn ist gut, weil frisch vom Grill; der Schweinsbraten auch. Die Zunge nur so lala. Den Schinkenfleckerln fehlt Salz. Es gibt kein Blunzengröstel.

Als Ludwig Van und seine Bande ihre Instrumente stimmen, bereiten wir uns auf den Absprung vor.

Es existiert noch ein zweiter, größerer Garten beim Bach-Hengl, nicht so intim wie der im Hof. Auch die Räume sind von unterschiedlicher Größe, von kleinen Schleusen mit zwei Tischen bis zum ungemütlich großen Saal. Dekoriert sind sie mit Kuckucksuhr und Kruzifix sowie dem üblichen herzbeklemmenden Folklore-Trödel; die Decken sind niedrig, der Abschied ist kurz und schmerzlos.

OBERMANN

81

Grinzing
19, Cobenzlgasse 102
Tel. 318 43 41

Unregelmäßige Öffnungszeiten,
telefonisch erfragen

WEIN	AMBIENTE
***	****
BÜFFET	GARTEN
****	**

Das ausgezeichnete kleine Büffet hält Delikates für den hungrigen Wanderer bereit.

Von Grinzing Mitte die Cobenzlgasse hinauf wandernd, welche eine veritable Straße ist mit schönen, alten Villen rechts und links, beschleunigen sich beim Weinbeißer Puls und Atemfrequenz, was praktischerweise auch Hunger und Durst fördert.

Wir haben es geschafft, das am Hang liegende Haus zu erreichen, ohne verhungert und ausgetrocknet zusammenzubrechen. Daß wir den Garten wegen des Wetters nicht benutzen können, bedauern wir sehr. Er ist vollgestellt mit großen Oleanderbüschen, sorgfältig verlegte Quadersteine am Boden, in der Mitte steht ein Nußbaum. Romantisch ist er nicht.

Links hinter dem Eingang befindet sich das Büffet; es ist klein, enthält aber, wie sich herausstellen wird, für den hungrigen Wanderer lebensrettende Dinge. Mehrere kleine, hintereinander liegende Stuben mit Holzböden und gemäßigten Rustikal-Dekorationen, darunter eine alte Presse, lassen auf den ersten Blick eine auffallende Sauberkeit und Ordnung erkennen, sogar eine Klimaanlage ist installiert. Die Tische sind weißgescheuert, die

Bei schönem Wetter genießt man den Garten mit seinem Nußbaum.

Lampen hell, zusätzlich stehen frische Kerzen auf den Tischen, und auch die Gäste, will uns scheinen, gehören zu den ordentlichen Menschen, die nicht unbedingt mit dem Nachbarn schunkeln wollen. Dazu fehlt übrigens die Musik, auch sitzt man nicht an großen, langen Tischen wie in vielen anderen Heurigen. Die Atmosphäre hat etwas Gutbürgerliches; darüber hinaus ist es dem Besitzer gelungen, bei aller aufgeräumten Bravheit die Gemütlichkeit nicht auszutreiben.

Und der Wein ist gut. Der Riesling in besonderem Maße, aber auch Grüne Veltliner als Jung- und Altwein sowie der Weißburgunder und sogar der gemischte Satz haben alle eine saubere, angenehm leichte Charakteristik. Warum außerdem noch ein kratziger Zweigelt angeboten wird, der nicht einmal aus eigener Produktion stammt, bleibt rätselhaft.

Darüber hinaus schmeckt das Brathuhn beim Obermann hervorragend. Ich wurde Zeuge, wie mein Begleiter ein halbes Huhn in zwei Minuten eskamotierte. Auch der Kümmelbraten und das Faschierte hatten keine Chancen, verschont zu bleiben. Ich weiß, daß nicht jedermann ein Befürworter der Schweinefleischdiät ist. Aber in einem Heurigen wird man damit zwangsernährt. Und nach einigen Tagen stellt man fest, daß es gar nicht so schlecht schmeckt.

Die unvermeidlichen Aufstriche, zu denen der bereits erwähnte Liptauer gehört, sind hier unüblich luftig. Mit Zucker bestreut, könnten sie als Desserts durchgehen. Wenn ich noch den fast eleganten Krautsalat und die Qualität der Erdäpfel in Betracht ziehe, so muß ich sagen, daß das Büffet beim Obermann zur Oberklasse gehört. Nur den Brimsen (Schafskäse) und den Erdäpfelsalat habe ich nachgesalzen. Mein Blutdruck sollte auch mal was erleben.

RAIMUND BERGER

72

Grinzing
19, Himmelstraße 29
Tel. bis 16 Uhr 322 07 03,
ab 16 Uhr 320 58 66

Jeden zweiten Monat
Do bis Sa ab 16 Uhr geöffnet

WEIN ***	AMBIENTE ****
BÜFFET ****	GARTEN **

Der Raimund Berger hat es uns schwer gemacht. So leicht er nämlich mit der Straßenbahn Nr. 38 zu erreichen ist (Endstation Grinzing, danach zweihundert Meter die Himmelstraße bergauf, nicht zu verwechseln mit Karl Berger, der genau zehn Hausnummern früher residiert), so schwer fällt es, ihm eine eindeutige Bewertung zu geben. Ginge es nur um seine Weine, einen reinen Veltliner sowie um den im Ausschank befindlichen Riesling, wäre die Entscheidung eindeutig: Beide sind erstklassig. Saftig, süffig und sauber; kein anonymes Gemisch, sondern charaktervolle, sortentypische Tropfen, die wir mit großem Genuß runtergegluckert haben. Der Winzer und Hausherr hat sich dem ökologischen Weinbau verschrieben. Daß dadurch nicht automatisch bessere Weine entstehen, weiß man, aber auch, daß sogar mit der extremsten Methode, der biologisch-dynamischen nach den Richtlinien Rudolf Steiners, immer häufiger erstaunliche Spitzenqualitäten produziert werden. Hier, beim Raimund Berger, schmecken der Grüne Veltliner und der Riesling jedenfalls so gut, daß wir auf der Stelle Freundschaft schlossen. Sie sind einfach fehlerlos.

Das scheint sich bei den Wienern herumgesprochen zu haben. Denn sie haben alles leergesoffen, die Weinbeißer, die vor uns da waren. So konnten wir den Traminer nicht probieren, der von Kennern gelobt wird, und Altweine existieren auch nicht mehr. Kann man einen Heurigen nach nur zwei Weinsorten beurteilen?

Zugegeben, wir haben die anderen nicht vermißt, weil die neue Freundschaft uns so stark beschäftigte, daß wir auch ihre Bekömmlichkeit auf die Probe stellten, welche sie glänzend bestanden.

Und als uns dann die freundliche Serviererin den Kümmelbraten brachte und die Blunzen, das Kraut und

Der Winzer und Hausherr hat sich dem ökologischen Weinbau verschrieben.

die Surhaxe, da breitete sich schiere Euphorie aus an unserem Tisch. Denn das alles war ebenfalls so köstlich, daß wir uns fragten, ob es wohl einen besseren Heurigen gäbe als diesen.

Das Schwein war im Waldviertel groß geworden, was bei Kennern respektvolles Schmatzen auslöst, denn die dortigen Bauern arbeiten ähnlich ökologisch wie der Herr Berger in seinem Weinberg. So war der Braten zart und saftig, die Blutwurst sanft und fein. Da zusätzlich alles, auch das Kraut und die Surhaxe, perfekt gewürzt waren, stand der Höchstnote nichts im Wege. Und als uns auf unsere Frage nach einer Mehlspeise beschieden wurde, darauf müßten wir aber zwanzig Minuten warten, wähnten wir uns im kulinarischen Himmel. Denn die Wartezeit bedeutet ja, daß hier die Mehlspeisen frisch gemacht werden!

Doch als die zwanzig Minuten herum waren und wir uns über Kaiserschmarren, Milirahmstrudel und Apfelstrudel hermachten, fielen wir auf die Erde zurück. Zu dicke Mehlsauce, einfallslos gewürzt, der Kaiserschmarren alles andere als flaumig, ausgelaugte Rosinen. Da ertränkten wir unseren Kummer in einem weiteren Viertel Heurigen, und das fanden wir wieder gut. Der Heurige Raimund Berger besteht aus nur zwei Stuben. Die erste mit dem Büffet ist so klein, daß nur vier Tische dort Platz haben, und auch die zweite, ein paar Stufen höher gelegen, bietet nur ungefähr fünfzig Gästen Raum. Deshalb haben Busgesellschaften nur im Sommer eine Chance, die Weine zu probieren, wenn nämlich das Wetter es erlaubt, im ebenfalls nicht sehr großen Garten zu sitzen. In der größeren Stube ist die Beleuchtung so fahl, daß Kerzen auf den Tischen stehen; vorne beim Büffet, wo es hell ist, sitzen Nachbarn und andere Stammgäste. Mit Musik muß gerechnet werden.

WOLF-KÖLLER

69

Grinzing
19, Langackergasse 11
Tel. 320 30 02

Anfang und Mitte des Jahres
von Do bis So geöffnet

WEIN	AMBIENTE
***	**
BÜFFET	**GARTEN**
***	**

Hier sitzt man gemütlich, die Zeit verrinnt langsam und beschaulich, wie es sich gehört.

Die Wahrheit ist, daß dieser Heurige nur wegen seines Rheinrieslings aus der Bouteille so hoch eingestuft wird, welcher überraschend elegant und vergleichsweise edel geraten ist. (Der Vorrat geht zur Neige.) Der Heurige und der Grüne Veltliner haben zwar die Haupteigenschaft, um deretwegen diese Art der Weine überhaupt geschätzt wird, nämlich eine eindeutige Sauberkeit und Frische, allerdings auch die atemberaubende Säure, welche wiederum für die Bekömmlichkeit der Heurigen-Küche unerläßlich ist.

Meine geringe Einschätzung der Küche resultiert aus dem Umstand, daß wir Wolf-Köller an einem Sonntag besuchten, also am Ende seiner viertägigen Öffnungszeit. An ihrem Beginn, an einem Donnerstag, wären die warmen Gerichte frisch gewesen und hätten somit nicht das Schicksal aller warmgehaltenen und aufgewärmten Speisen erleiden müssen, daß sich nämlich ihre Feuchtigkeit reduziert, wodurch der sich nicht verflüchtigende Salzgehalt stärker wirkt. Mit anderen Worten: Es war alles zu salzig. Vom Kraut über den Semmelknödel, von der zarten

Zunge bis zum Kümmelbraten, die Schinkenkipferl ebenso wie das Linsengemüse – da bekam der saure Wein seine durstlöschende Daseinsberechtigung. So schnell konnte die einsame Serviererin gar nicht nachkommen mit dem Nachschenken, wie der geschundene Schlund nach dem heilenden Wein verlangte. Der Riesling, wie gesagt, hätte ein besseres Schicksal verdient, als uns zum Durstlöschen zu dienen. Immerhin hatte er irgendwo eine Goldmedaille gewonnen und wurde in anständigen Gläsern serviert. Bei der nicht zu leugnenden Sorgfalt, mit der der Wein dieses Heurigen ausgebaut wird, halte ich es für nicht ausgeschlossen, daß mindestens ein Teil des eßbaren Angebots hausgemacht ist. Bloß sieht das nach drei Tagen Wartezeit

Im Garten, der sich zum Rebberg hinaufzieht, glaubt man die gute alte Zeit wiederzufinden.

nicht mehr so aus, daß man dem Büffet mehr als einen Punkt zugestehen möchte.

Was die Stimmung der Gäste offenbar nicht trübt. Wolf-Köller ist ein kleiner Heuriger inmitten der Grinzinger Großbetriebe, dessen Attraktion in seiner Intimität zu suchen ist. Hier sind lärmende Gesellschaften ebenso unvorstellbar wie Heurigen-Musik. Zwar fehlt – von den Kuckucksuhren über Tontöpfe, Keramikteller, Strohblumen und Bauerntand oberhalb der Wandtäfelungen sowie den freudlos immergrünenden Topfpflanzen auf den Fensterbänken – kein Element der europäischen Touristenfolklore, dennoch läßt sich nicht bestreiten, daß man hier gemütlich sitzt und die Zeit, wie es sich gehört, langsam und beschaulich verrinnt. Im Grinzinger Heurigentrubel wirkt Wolf-Köller wie ein Außenseiter, ein Geheimtip.

Der Garten entspricht dem haargenau. Nicht zu groß, nicht klein und beengt, zieht er sich auf zwei Etagen bis zum abschließenden Rebberg hin und läßt die Gäste glauben, die verlorene Zeit sei im engen Umkreis der Endstation Grinzing wiederzufinden.

KARL WIESELTHALER

58

Oberlaa
10, Oberlaaer Straße 120
Tel. 688 51 31

Dezember und Januar und
Juli bis Mitte August geschlossen

WEIN	AMBIENTE
*	**
BÜFFET	GARTEN
***	**

Statt pflegeaufwendigen Charmes bestimmte bautechnische Vernunft das Ambiente.

Wo die Höchstnote für Wein nicht mehr als 1 beträgt, da kann es insgesamt mit einem Heurigen nicht weit her sein, sollte man meinen. Der Wieselthaler in Oberlaa bestätigt diese Regel. Dennoch hat er etwas, das sich nicht in mehr oder weniger objektiven Zensuren ausdrücken läßt. Zugegeben, die Weine, die wir probierten, waren nicht nur sauer (der Heurige) oder bitter (der Weißburgunder), sie hatten sogar einen veritablen Essigstich (der Altwein) und einen leichten Korkgeschmack (Chardonnay). Auch die beiden Rotweine, eine Cuvée mit und eine ohne Barrique-Ausbau, hatten nicht gerade das Zeug, uns in Hochstimmung zu versetzen. Wir einigten uns sehr bald darauf, daß der Heurige mit seiner stürmischen Säure, der nichts von dem hatte, was die kleine Weinkarte den Sortenweinen attestierte, nämlich »ausgewogenes Säurespiel«, »fruchtiges Bukett«, »eleganten Abgang«, und der auch nicht »aromatisch rund« war, daß also dieser Biederwein letztlich die beste Wahl war.

Das mochte am Essen gelegen haben, welches beim Wieselthaler (Hausnummer 120) auch nicht elegant oder aromatisch rund, dafür aber hausgemacht und daher mit ein paar Eigenschaften ausgestattet war, welche nicht nur mit dem Heurigen versöhnten, sondern auch uns auf überraschende Weise milde stimmten.

Im einzelnen waren das die Aufstriche (obwohl die grelle Bonbonfarbe der Lachsmousse vor ihrem Verzehr warnte), die überraschend fein und sogar originell gewürzt waren; es waren die halbierten Eier mit dem Sardellenfilet und dem Papierfähnchenschmuck, die hausgemachte Gemüsesulz mit Schinken, das frische Sauerkraut zur gebratenen Blunze, der perfekte Surbraten und sogar das faschierte Laibchen mit dem großen Semmelanteil – sie alle vertrugen sich gut mit uns und dem reschen Heurigen.

Der Garten befindet sich wie so oft im Hof, in ihm wachsen, was auch nicht selten ist, zwei große Bäume, und nach einem Regenguß muß man dort nicht im Schlamm waten, da der Boden aus Betonplatten zusammengesetzt ist.

Dieses bautechnisch vernünftige Detail hat auch im Interieur seine Entsprechung. Anstelle von pflegeaufwendigem Charme hat man dort dem Hochglanzlack auf Tischen und Bänken den Vorzug gegeben. Den beigegrünen Linoleumfliesen des Bodens entspricht eine ebenfalls hellgrüne Wand oberhalb der lackierten Täfelung, die an einigen Stellen mit gitterförmigen Schmiedeeisen verkleidet ist, woran Hut und Stock aufgehängt werden können. Daß derartige Utensilien hier zur Standardausrüstung der Gäste gehören, ist anzunehmen, da Lampen in Form von alpinen Hütten unübersehbar unter der Decke schweben. Die zwei angedeuteten Lauben im Schankraum, welche mit rankenden Weinstöcken die Gäste auf eine weinselige Stimmung vorbereiten, werden darin unterstützt durch flotte Tonbandmusik, sowie durch den gedruckten Hinweis, daß nämlich »gegen Voranmeldung... auch Platz für 2 Autobusse« vorhanden sei. Im übrigen sind auch die Mehlspeisen hausgemacht, was wir besonders lieben, obwohl die Montage der Fertigteile im Mikrowellenherd (gefrorener Strudelteig, konfektionierte Obstmasse) einen ausgepichten Gourmet mißtrauisch machen könnte. Aber solche Zeitgenossen sind im Heurigen eher selten.

FUHRGASSL-HUBER

75

Neustift am Walde
19, Neustift am Walde 68
Tel. 440 14 05

Ganzjährig geöffnet, täglich ab 15 Uhr,
So und an Feiertagen ab 12 Uhr

WEIN	AMBIENTE
***	**
BÜFFET	GARTEN
***	****

Der charmante Garten mit ländlich-privater Atmosphäre ist das Prachtstück des Fuhrgassl-Huber.

In Grinzing lernt der Novize, daß die Wiener Heurigen nicht in ländlichen Winzerdörfern zu finden sind, sondern in Vororten, also sozusagen grüne Nischen an und neben den Ausfallstraßen bilden. Das wird durch die angenehme Tatsache unterstrichen, daß man sie alle mit der Straßenbahn erreichen kann. Die Bänke in diesen Bahnen haben Lücken, Freiräume, welche für Kinderwagen geschaffen wurden, damit junge Familien schon ihre Kleinkinder zum Heurigen mitnehmen und sie mit der Atmosphäre, in der sie ihr späteres Leben verbringen werden, vertraut machen können.

Neustift ist wie Grinzing ein Vorort im Nordwesten der Stadt, wohin die Wiener an den Wochenenden in Massen pilgern. Vorsichtshalber spendierte ich uns ein Taxi. Steigt man aus und klettert auf das Dach des Taxis, kann man über die niedrigen Dächer der alten Häuser hinweg die Hänge sehen, welche oben mit Bäumen, knapp darunter jedoch mit Wein bepflanzt sind.

Das Schönste an diesem Heurigen mit der Hausnummer 68 ist wieder einmal der Garten. Unmöglich, von sei-

Wer hier an einem Sommerabend einkehrt, muß wunschlos glücklich sein.

nem Charme und seiner Lieblichkeit nicht eingenommen zu werden! Praktisch beginnt er sofort hinter dem Tor im Innenhof, wo gepflegte Geranienbüsche und alte Bäume eine überaus prächtige Naturkulisse abgeben. Dann geht es in mehreren Terrassen immer höher den Hang hinauf, bis man direkt am Rebberg landet. Tische und Bänke stehen unter herrlichen Nußbäumen in unregelmäßiger Anordnung, so daß die scheinbare Zufälligkeit des Arrangements den ländlich-privaten Eindruck unterstreicht. Unwillkürlich horcht man, ob vor dem Haus auf der Straße nicht die Rösser stampfen und das Posthorn erschallt. Wer hier an einem warmen Sommerabend über seinem Krügerl sitzt, muß wunschlos glücklich sein.

In den Gaststuben ist der Eindruck des Altertümlichen schwächer, weil das Ambiente erst vor wenigen Jahren inszeniert wurde. Der imitierten Scheunenarchitektur fehlt trotz der Holzverschwendung die Wärme; die auf Wagenrädern montierten Lampen, der Gewölbekeller mit dem gedämpften Licht – diese beliebten Kennzeichen der Ausflugslokale werden europaweit von der Stange geliefert und wirken stimmungsfördernd, insofern sich der Besucher aus Wanne-Eickel hier wie zu Hause fühlt. Da hält sich der Weinbeißer lieber an das, was Küche und Keller zu bieten haben.

Sechs Töpfe mit verschiedenen Schmalzsorten wirken eher bedrohlich als einladend, aber das gehört ebenso zur Tradition wie der große Béchamelanteil an den Spinatnockerln und im Auflauf. Der Braten, vom Schwein natürlich, war herzhaft gewürzt, die Schinkenfleckerln machten den Verzicht aufs Schmalz erträglich, und Veltliner und Rheinriesling ließen uns verschmerzen, daß das Wetter uns ins Haus getrieben hatte.

WEINHOF ZIMMERMANN

82

Neustift am Walde
19, Mitterwurzergasse 20
Tel. 440 12 07

Geöffnet von März bis Oktober, täglich ab 15 Uhr, So und an Feiertagen ab 13 Uhr

WEIN	AMBIENTE
**	****
BÜFFET	GARTEN
***	****

Der kurze Anmarsch ist förderlich für den Durst ...

Am Beginn der Rathstraße biegt man rechts ab und sucht den nächsten Parkplatz. Dann wandert man schon nach fünfzig Metern links in die als Weinwanderweg beschriebene Mitterwurzergasse hinein. Man ahnt das Land und findet nach wenigen Schritten rechts einen engen Zugang, der bergauf führt und beim Weingut Zimmermann endet. Alles zusammen mag für einen hungrigen und durstigen Wanderer ganz schön lang sein, der durchtrainierte Sportsfreund schafft das ohne erhöhten Pulsschlag in nicht einmal zehn Minuten.

Aber zehn Minuten ohne etwas zu trinken, bemerkte mein Begleiter vorwurfsvoll und wischte sich den Schweiß von der Stirn.

Mit jedem Schritt, der einen diesem Heurigen näherbringt, verläßt man die Hast und den Lärm der Rathstraße, welche ja, bevor sie oben im Wienerwald verschwindet, eine sehr befahrene Straße ist. Der Weinhof Zimmermann, in der Luftlinie vielleicht nur fünfhundert Meter davon entfernt, ist in einer anderen, ländlichen Welt angesiedelt. Die Empfindung, mitten in der freien Natur zu sein, wirkt besänftigend auf Neurastheniker, während der kleine Anmarsch förderlich für den Durst ist. Eine ideale Voraussetzung für einen stillen Nachmittag.

Wer hier still ist, der schweigt vor Glück. Die Sonne scheint, die Reben sind zum Greifen nahe, man hört die Reblaus zufrieden schmatzen. Am frühen Nachmittag sitzen hier ältere Damen und Herren, dann kommen junge Paare mit Kindern. Ein Spielplatz ist am oberen Ende des Gartens eingerichtet, so daß die lieben Kleinen dort ihre süßen Stimmchen fürs spätere Leben trainieren können, ohne Schaden anzurichten. Es gibt dort auch einige größere Volieren, die darin flatternden Piepmätze sind für den Verzehr nicht vorgesehen.

... und ideale Voraussetzung für einen stillen Nachmittag in der freien Natur.

Sodann treffen die Liebespaare ein und die Ehebrecher. Und alle sitzen in der Sonne oder im Schatten der unterschiedlichen Obst- und Nußbäume, blicken verklärt auf die vor ihnen liegende Natur und in die Augen ihrer Gegenüber.

Eine Idylle, zweifellos. Und sie ist nicht wild gewachsen, sondern erst 1979 angelegt worden. Selbst das Haus stammt aus jenem Jahr und beweist, daß auch ein relativ neues Gebäude den Charme eines Heurigen ausstrahlen kann. Denn Charme, der in Wien gleichbedeutend ist mit Gemütlichkeit, hat der Weinhof Zimmermann mehr als viele andere. Es sind kleine, klare Details sowie das Fehlen von kitschigen Dekorationen, die sich zu einem Stil vereinen, welcher kalkuliert ist, ohne aufdringlich zu wirken. Es gibt zwar keine lauschigen Ecken, und die Anordnung der Tische und Bänke gleicht unten im kleinen Raum neben dem Büffet und oben, unter der dunklen Deckenbalkenkonstruktion, eher dem Eßraum einer Klosterschule. Aber, soviel ich von den Alpenvölkern weiß, ziehen sie spartanische Kargheit jeglichem Komfort vor. Dieser Drang zum Urigen spielt auch hier, spielt in allen Heurigen eine nicht zu übersehende Rolle.

Der Mensch an sich ist urig, belehrte mich mein Informant und verdrückte vom zugegeben hervorragenden Kraut zwei Portionen. Ich gönnte mir zwei Blunzen, welche ebenfalls nicht von schlechten Eltern waren. Die Saumaise förderte den Durst erheblich, der Heurige (gemischter Satz) vermochte ihn nicht zu stillen, weshalb wir vom Altwein noch einmal zwei Viertel tranken beziehungsweise hinunterstürzten. Es sind saubere, süffige Weine, die sich nicht weiter in Erinnerung bringen, außerdem war es ein heißer Tag.

NIERSCHER

69

Neustift am Walde
19, Strehlgasse 21,
Tel. 440 21 46

Geöffnet April bis Oktober,
Januar und Dezember sowie jeweils
Di und Mi geschlossen

WEIN	AMBIENTE
**	***
BÜFFET	GARTEN
**	****

Das Interieur, natürlich gewachsen wie eine Tropfsteinhöhle, verdichtet sich zum Gesamtkunstwerk.

Bei schönem Wetter verzichtet man weise auf die Vorfahrt mit dem Auto, denn die Strehlgasse ist in ihrem südöstlichen Teil für Gegenverkehr mehr als ungeeignet. Wer zum Nierscher will, hat es ohnehin mit der Natur, also läuft man von der Krottenbachstraße durch die ansteigende Gasse an hübschen Villen entlang, schließlich durch so etwas wie Wald und findet den Heurigen auf der Höhe, bevor es auf der anderen Seite wieder hinunter geht, wo an der dann Neustift am Walde genannten Straße viel Wiener Prominenz wohnt. Ist ja auch schön hier. Von der Natur profitiert vor allem Nierschers Garten. Am Hang hinter dem Haus gelegen, mit Blick weit hinüber in die Ferne, unter Obstbäumen sitzend oder im Familienkreis in einer hölzernen Laube, Naturstein statt Beton unter den Füßen, Rasen gleich daneben, und die Erinnerung an ein zahmes Reh, das den Besuchern aus der Hand fraß – so wurde der Nierscher den Gästen zum Mythos.

Wer von all dem nichts weiß, betritt an einem Regen- oder Wintertag ein unscheinbares Wirtshaus ohne sichtbare Attraktivität. Zwei kleine Stuben mit jeweils fünf großen Tischen bieten maximal neunzig Personen Platz. Doch diese Stuben sind keine Stuben wie überall. Sie sind ein Environment, im Laufe der Jahre natürlich gewachsen wie Tropfsteinhöhlen. So wurde im Laufe vieler Jahre jedes dekorative Detail erneuert, vergrößert, vervielfältigt und ausgeschmückt. Abenteuerliche Lampen in Form von Elchgeweihen, Rebwurzeln und Weintrauben hängen an schmiedeeisernen Ketten von der Decke, Kuhhörner und Kuckucksuhren gesellen sich dazu, Petroleumlampen, viele, viele Bildchen, unzählige Vasen mit Strohblumen stehen auf den Simsen der schlichten Wandverkleidung aus Holz, bunte Teller, Kerzenleuchter, Spiegel, ganze Alleen von Zimmerpflanzen okkupieren die Fensterbänke, Urkunden, Erinnerungsnippes jeder Art und jeglicher Herkunft von gleichmäßiger Geschmacklosigkeit – nichts davon ist kunstvoll installiert, sondern hat sich im Laufe der Zeiten zusammengefunden. Das wirkt wundersamerweise nicht kitschig, sondern wird durch seine Verdichtung zum Gesamtkunstwerk à la Ed Kienholz.

Das Büffet ist klein und auf den ersten Blick nicht vielversprechend. Als wir den Heurigen betraten, saßen die Gäste mit gesenkten Köpfen an den Tischen, die Unterhaltung erstarb. Sie hatten, wie wir bemerkten, ein Glas Wein vor sich, mehr nicht. Nach kurzer Pause gingen wir zum Büffet und trafen unsere Auswahl: Schweinsbraten, Leberkäs, Gselchtes und die üblichen Beilagen. Doch kaum waren wir mit unserem vollen Tablett wieder an unseren Platz zurückgekehrt, sprangen alle auf und stürmten ihrerseits zum Büffet. Die Lösung des zunächst unerklärlichen Geschehens brachte uns der Versuch, die Fleischstücke anzuschneiden: Es waren die harten, trocken gebratenen Endstücke, welche uns als erste Esser des Abends aufgeschnitten wurden. Darauf hatten die Schlauköpfe über ihrem Heurigen nur gewartet. Gegen den zweiten, saftigen Anschnitt hatten sie keinen Einwand, und es begann ein fröhliches Schmausen.

Der Wein ist ein Gemischter Satz, jung oder älter, ziemlich milde, und wie so häufig ist die jüngere, resche Version vorzuziehen. Eine Zweigelt-Portugieser Cuvée gibt es auch.

Doch bemerkenswerter sind die Speisen. Nicht überdurchschnittlich delikat, nicht einmal perfekt ausgeführt. Aber die handgemachte Eigenart ist allemal wichtiger als konfektionierte Glätte. Beim Nierscher sind auch die Aufstriche unverwechselbar hausgemacht, nämlich von ungewöhnlicher Leichtigkeit und Feinheit. Von den penetranten Aromen der handelsüblichen Liptauer und Knoblauchgervais heben sie sich wohltuend ab. Mehlspeisen gibt es nicht.

PRESSHAUS HUBER

80

Neustift am Walde
19, Neustift am Walde 77
Tel. 440 13 38

Ganzjährig geöffnet, täglich ab 15 Uhr, Sa und So ab 14 Uhr, Januar bis März nur Fr bis So

WEIN	AMBIENTE
**	****
BÜFFET	GARTEN
***	****

Der Schweinsbraten ist hier noch besser gewürzt und saftiger als anderswo.

Auf dringende Empfehlung meines Pfadfinders geriet ich in diesen Heurigen, der uns auf Anhieb gefiel. Wieder ein altes Biedermeierhaus, wie sie hier an der Am Walde genannten Neustifter Hauptstraße so häufig sind. Auch hier ist alles aus dunklem Holz, die Wände, Decken, Bänke, Tische, Stühle, Zahnstocher, und daß sie keinen im Holzfaß ausgebauten Chardonnay auf der Karte haben, ist ein Wunder. Wir haben Riesling getrunken, Grünen Veltliner und Blaufränkisch, und das war ungefähr alles, was sie noch hatten, und es waren anständige Weine. Nicht mehr, aber immerhin.

Dann hat den Sportsfreund der Hunger übermannt, und er machte die Entdeckung, daß der Schweinsbraten hier noch besser gewürzt und saftiger ist als anderswo. Ich vermute, er hat beim Essen vor Wonne geschmatzt. Hören konnte ich es nicht, weil nur sechs Meter entfernt zwei Musikanten vor einer Gruppe Amerikaner ein Potpourrie von Liedern abspulten. In den Wiener Liedern dreht sich alles um den Wein, ums fröhliche Leben und das baldige Sterben. Das ist ein ähnlich gemischter Satz, wie der

Heurige selbst in den meisten Fällen zu sein pflegt. Zum Glück für die Fremden verstehen diese den Text nicht, wodurch ihnen die Rührung erspart bleibt, von der jeder Wiener beim vierten Krügerl automatisch ergriffen wird.

Mitmenschen, denen meine Leber wichtiger ist als meine Seele, machen mir meine Schwäche für gutes Essen zum Vorwurf. Tatsächlich unternehme ich lange Reisen, um einem begnadeten Koch meine Aufwartung zu machen. Muß ich betonen, daß derartige Kochkünstler nicht beim Heurigen arbeiten? Daß ein saftiger Schweinsbraten, wie wir ihn hier vorfanden, schon zu den erfreulichen Ausnahmen gehört? Außerdem ist das Preßhaus Huber besonders gemütlich. Das liegt an den Logen, in

Oben und folgende Doppelseite: Der Hof des Preßhauses ist ein Juwel und bietet den besonderen Reiz der Terrassengärten.

denen man sitzt, sicher abgeschirmt von der hektischen Welt da draußen, an den dicken Tischplatten, den rauchgeschwärzten Deckenbalken. Es gibt, im ersten Stock, einen Heuboden genannten Raum, ebenfalls solide holzverschalt bis unter die Decke, und sogar direkt hinter der Eingangstür, im großen Entree, sitzen an zwei Tischen einige Weinbeißer mit jenem zufriedenen Gesichtsausdruck, der mir verrät, daß ihr Leben geregelt ist, solange sie hier hocken.

Die, welche bei schönem Wetter draußen sitzen, fühlen sich wie im Himmel. Denn der Garten vom Preßhaus Huber ist ein Juwel. Alle Gärten hier in Neustift Am Walde (was auch der Name der Hauptstraße ist, die sich nach hundert Metern ganz ungeniert Rathstraße nennt) haben einen besonderen Reiz, da es Terrassengärten sind. Das heißt, sie befinden sich hinter dem jeweiligen Haus und steigen die an beiden Straßenseiten liegenden Hänge hinauf. So gibt es auf den angelegten kleinen Terrassen nur Platz für wenige Tische, was die Intimität verstärkt und, zum Beispiel bei diesem Heurigen, einen phantastischen Blick über die alten Dächer der Häuser bis hinaus zu den Reblagen am gegenüberliegenden Hang ermöglicht.

Der muß schon ein notorischer Stubenhocker sein, der angesichts so hübsch gestalteter Natur an der Käseauswahl herumnörgelt.

WOLFF

65

Neustift am Walde
19, Rathstraße 44–46
Tel. 440 23 35

Ganzjährig geöffnet,
täglich ab 11 Uhr

WEIN	AMBIENTE
**	****
BÜFFET	**GARTEN**
***	****

Im Lieblings-Heurigen vieler Wiener ist man auf Prominenz eingestellt.

Die Rathstraße in Neustift ist der untere Teil jener Straße, die weiter oben Am Walde heißt, weil sie am Ende in den Wienerwald übergeht. Hier, wo sich eine hübsche Biedermeierfassade an die andere reiht, befinden sich die Lieblingsheurigen vieler Wiener. Ein Lieblingsheuriger ist eine Buschenschank, die jemand allen anderen vorzieht, weil – nun, weil es sein Lieblingsheuriger ist. Fragen Sie mich bitte nicht nach Gründen, die über eine allgemeine Zuneigung hinausgingen. Es kann der Garten sein, auch wenn man ihn wegen des Sauwetters nur ganz selten benutzt; es kann eine Kindheitserinnerung dahinterstecken, weil die Eltern hier ihre Scheidung feierten; es mag der Liptauer sein, der nur hier, wie man sich einbildet, frisch zusammengerührt und nur hier mit einer bestimmten Senfsorte vermischt wird. Manche Weinbeißer ertragen die Attacken des gemischten Satzes auf die Magenschleimhaut besser, wenn sie neben einem weißen Kachelofen sitzen, andere vor einem grünen. Wie immer, wenn Zuneigung sich zur Liebe steigert, steht die Mitwelt ratlos daneben und fragt sich: warum ausgerechnet dieser?

Wirklich unbegreiflich ist das nur für Fremde. Für den Wiener handelt es sich einfach um eine Liebesaffäre zwischen ihm und dem Heurigen. Wobei sich wieder einmal bestätigt, daß Liebe durch den Magen geht, beziehungsweise durch die Leber.

Tatsächlich kann man zum Heurigen der Familie Wolff in leidenschaftlicher Liebe entflammen. Nämlich zu dem kleinen Innenhof. Er ist winzig, an der Hausseite mit dicht bewachsenen Arkaden begrenzt, an der anderen mit wuchernden, rankenden und blühenden Pflanzen sowie einem aus dem Grünzeug heraus plätschernden Brunnen. Hier im Sommer zu sitzen, ist wie ein Zeitsprung in das Italien des vorigen Jahrhunderts. Romantischer geht's nicht. Unvorstellbar, daß man an einem der wenigen Tische noch einen freien Platz findet, und ebenso unvorstellbar, daß man ihn freiwillig wieder räumt.

Es gibt noch einen zweiten, den Hauptgarten oberhalb des Hofes, hinter dem Haus am Hang. Auch er ist, wie alle Gärten an der Rathstraße in Neustift am Walde, in Terrassen angelegt; auch er ein Grund, diesen Heurigen zu lieben. Der Rest des Spektakels hat uns nur zu verhaltenem Wohlwollen angeregt. Zunächst fällt ins Auge, daß es sich hier um einen Prominenten-Heurigen handelt, weil die Wände am Eingangstor und auch viele Quadratmeter im Inneren mit Gesellschaftsfotos bepflastert sind, ähnlich wie die der Edenbar in der Innenstadt, auf denen unterschiedslos fröhliche Gesichter für ein Blitzlicht lang lärmende Lustigkeit demonstrieren.

Andere Wände sind mit Dutzenden von Diplomen dekoriert, die in ihrer Gleichförmigkeit weniger ästhetischen Schaden anrichten als die benachbarten Kalenderblattmotive zum Thema Völlerei von Breughel. Damit erschöpft sich die Dekorationslust der Besitzer jedoch

Im Sommer im Garten zu sitzen, ist wie ein Zeitsprung in das Italien des vorigen Jahrhunderts.

keineswegs. Überall stehen und liegen eingebaute, angekettete und festgeschraubte Faßtrümmer, schenkeldicke Holzgewinde, Zapfen, Dauben und andere Relikte aus Winzerkellern. Das alles erinnert mich an die sechziger Jahre, als in Mitteleuropa Hähnchenbratereien mit dem Namen »Wienerwald« den Rustikal-Kitsch zum Dekorationsstil erhoben. So überrascht weder die Tonbandmusik noch der Plastikbecher auf dem Tisch für den Bestellzettel.

Die Bedienung schien auch bei unserem Besuch wieder prominente Gäste zu erwarten, denn ihre Aufmerksamkeit war merklich abgelenkt. Doch irgendwann hatten wir die meisten Weine durchprobiert und das Büffet geplündert. Bei letzterem sind die hauseigenen Backwaren hervorzuheben. Die Schokofeigen, Topfennudeln und der Obststreusel waren preiswürdig und ließen uns bedauern, daß hier kein dazu passender Traminer angebaut wird. Dafür versuchen sie es mit dem Modewein Chardonnay, der wie fast überall nur ein Abklatsch der großen Burgunder Weißweine ist. Die anderen Schankweine sind guter Durchschnitt.

SCHÜBEL-AUER

85

Nußdorf
19, Kahlenberger Straße 22
Tel. 37 22 22

Geöffnet vom 1. Februar bis 23. Dezember, täglich ab 16 Uhr, So geschlossen

WEIN	AMBIENTE
***	***
BÜFFET	GARTEN
****	****

Die Ortschaft Nußdorf hat, wie viele andere zwischen Wien und der Donau, einen eigenständigen, ländlichen Charakter, obwohl sie nur wenige Autominuten vom Zentrum Wiens entfernt ist. Ein abgelegenes Dorf am Fluß, gleichzeitig aber ein attraktiver Vorort mit gehobener Wohnqualität.

Fährt man in Nußdorf den Berg hinauf, solange das möglich ist, entdeckt man versteckt liegende alte Villen, Straßen, die im Wald enden und, natürlich, einige Buschenschenken. In anderen Metropolen kämen noch Busparkplätze und Andenkenbuden hinzu. In den Reservaten der Weinbeißer wird man davon verschont. Fast. Denn die vielgepriesene fabelhafte Aussicht vom Gipfel des Hügels hinunter ins Donautal, die man sich erwandern muß, da die letzte Wegstrecke für Autos gesperrt ist, diese Aussicht ist durch sich unten am Fluß ausbreitende Fabriken und Lagerhallen aller Romantik entkleidet. Beethoven, der auch einmal in Nußdorf gewohnt hat und, hätte er einen Hund besessen, hier mit dem Köter Gassi gegangen wäre, würde das alles viel romantischer gesehen haben.

Unten in Nußdorf, am Beginn der Kahlenberger Straße, gibt es mehrere Heurige, und einer davon ist ein Prachtexemplar seiner Gattung: Schübel-Auer! Wir erreichten ihn mit letzter Kraft; der Spaziergang den Berg hinauf und wieder herunter war anstrengend. Wieder eine hübsche gelbe Fassade mit hölzernem Tor. Wer es durchschreitet, glaubt das Schlaraffenland vor sich zu haben. Denn dahinter beginnt ein kulinarisches Biotop wie aus dem Märchenbuch. Zwischen zwei langgestreckten, niedrigen Gebäuden führt ein mit alten Steinen gepflasterter Weg, an dessen Ende der Garten lockt. Rechts eine lauschige, überdachte Nische, an der Hauswand links einige Tische und Bänke. Im Garten schützen schattige Kastanien und

Im lauschigen Garten beschirmen Kastanien und Nußbäume die fröhlichen Zecher.

Nußbäume die fröhlichen Zechen vor Hautkrebs; Hopfen rankt zwischen den Tischen, welche die Last der vollen Teller und Krüge mit Würde tragen. Der Sportsfreund kommt mit hochbeladenem Tablett vom Büffet zurück, und er ist glücklich. Verständlich, denn die Hühnerroulade ist überdurchschnittlich! Auch das Wacholderkraut und die Blunzen, beide hervorragend abgeschmeckt, die superzarte Zunge und die vielen Aufläufe, alle hausgemacht wie die unwiderstehlichen Mehlspeisen...

Wir geraten in Hochstimmung und bestellen noch zwei Viertel. In einem Heurigen ein noch besseres Büffet als dieses zu erwarten, scheint mir tollkühn. Beim ersten Bissen wird klar, daß der Weg sich gelohnt hat. Allein die Präsentation in appetitlichen Keramikformen unterscheidet sich von den woanders auf großen Blechen ausgestellten Produkten, die häufig nur im Mikrowellenherd aufgewärmt werden. Und es kann kein Zufall sein, daß der Wein – es gibt außer dem gemischten Satz nur Grünen Veltliner und Riesling – ebenfalls zu den süffigen, sortentypischen Tropfen gehört, die (vor allem der Veltliner) jeden Sportsfreund zu Höchstleistungen beflügeln.

Das halbrunde Büffet hinter dem Eingang der Gaststube hält noch andere, vielversprechend aussehende Dinge bereit. Die Gaststuben sind eher einfach eingerichtet, nicht durch falsche Folklore entstellt, gut beleuchtet und ziehen sich an drei Seiten des Gartens hin. Man sitzt angenehm in Logen unter der kritischen Beobachtung des Kellners, der uns zwar zu unserer Trinkgeschwindigkeit beglückwünscht, uns aber für hastiges Herunterschlingen des Erdäpfelgröstels mit Strafpunkten belegt.

KIERLINGER

82

Nußdorf
19, Kahlenberger Straße 20
Tel. 37 22 64

Unregelmäßige Öffnungszeiten,
telefonisch erfragen

WEIN	AMBIENTE
****	***
BÜFFET	GARTEN
***	**

Ob Heuriger, Welschriesling oder Traminer: Beim Kierlinger macht jeder Wein Freude.

Zunächst sehen sie alle gleich aus, die Heurigen an der Kahlenberger Straße. Ein schmales, altes Haus, daneben ein großes Tor. Dahinter ein mit schönen, holperigen Steinen gepflasterter Hof, nur wenig breiter als das Tor, der sich bis zur entfernten Eingangstür hinzieht und so trauliche Dinge enthalten kann wie in großes Plastikfaß oder eine ausrangierte Weinpresse.

Zwar könnte man während des Hochbetriebs im Sommer auch hier sitzen. Doch der eigentliche Garten befindet sich hinter dem Gebäudeteil, mit dem der Hof abschließt. Er ist recht groß und enthält zwei alte Linden, Kastanien und andere Bäume, die den Weinbeißern Schatten spenden und ihren Blütenstaub in die Gläser rieseln lassen. Meinen Pfadfinder stört das nicht. Er trinkt zügig. Auch ich gebe meinem Wein keine Chance, im Glas warm zu werden. Es ist ein Grüner Veltliner, und er schmeckt hervorragend. So sortentypisch habe ich lange keinen mehr im Glas gehabt, bei ihm bekommt das Wort vom Weinbeißen seinen Sinn. Danach ein Viertel vom Heurigen. Ebenfalls ein sauberer, süffiger Wein mit schöner

Säure. Dann der Welschriesling. Bravo! Der Rheinriesling hat Rasse, der Traminer Klasse – jeder Wein macht beim Kierlinger Freude.

Die wird durchs Büffet kaum beeinträchtigt. Die gekochte Zunge ist zwar schon zu lange gar, und das Sauerkraut hat nicht die Rasse wie der Wein, auch ist die Haussulz mit Zwiebeln zugedeckt. Doch das Gselchte ist wunderbar zart, der Kren treibt Tränen in die Augen, das Huhn ist saftig, und Schaf- und Ziegenkäse in Kugel- oder Stangenform müssen mit dem Wein eng befreundet sein. Hier haben uns sogar die Aufstriche geschmeckt, vor allem ein sahniger Topfen mit viel Knoblauch, und bei den aufgeheizten Mehlspeisen ge-

Im großen Garten spenden alte Linden und Kastanien den Weinbeißern Schatten.

fielen uns mit Mohn und Pflaumenmus gefüllte Teigtaschen am besten.

Im Saal kommt Stimmung auf. Saal ist nicht ganz richtig. Der vordere Schankraum hat zwar drei hochglanzlackierte Tischreihen, ist also ungewöhnlich breit, bietet aber nur achtzig Gästen Platz. Die Decke ist holzgetäfelt und mit Balken verziert, an denen unidentifizierbare Gebilde hängen wie Bienenschwärme, was wohl als Zimmerschmuck gedacht ist. Darüber hinaus wurde beim Kierlinger wohltuend zurückhaltend dekoriert; ein anschließender zweiter Schankraum ist in seiner düsteren Schmucklosigkeit so gemütlich wie das Zwischendeck eines Auswandererschiffs. Weinbeißer haben wir dort nicht gesehen.

Die Frage, warum der Kierlinger bei meinem Sportsfreund aus dem 1. Bezirk zu den Favoriten gehört, ist leicht beantwortet. Diesem Heurigen haftet noch etwas von jener Originalität an, mit der sie früher alle ausgestattet waren; hier kann man sich den Wanderer vorstellen, wie er sein mitgebrachtes Wurstbrot auswickelt, oder Beethoven, wie er auf der Suche nach dem Kammerton A an sein leeres Glas klopft – worauf ihm von der überaus freundlichen Haustochter ein neues, volles gebracht wird.

MANDAHUS

60

Nußdorf
19, Greinergasse 29
Tel. 37 46 79

Jeden Monat vom 1. bis 20. geöffnet

WEIN	AMBIENTE
**	*
BÜFFET	**GARTEN**
*	****

Der Adresse ist nicht zu trauen, doch der durstige Weinbeißer findet seinen Weg ...

Der Adresse ist nicht zu trauen, denn die Greinergasse liegt eigentlich im Stadtteil Heiligenstadt und ist von der Heiligenstädter Straße leicht zu erreichen, nämlich achthundert Meter nach dem Karl-Marx-Hof, wo man an der Haltestelle Sickenberggasse die Linie D verläßt (welche an der Börse aus den Startlöchern rumpelt) und eben diese Sickenberggasse in westlicher Richtung bergauf spaziert. Dann kommt man bald zur niedlichen, aber nicht zu übersehenden Sankt-Thomas-Kirche und stellt an Hand der Straßenschilder fest, daß man sich im Stadtteil Döbling befindet. Ich nehme an, die Wiener haben diese Verwirrung damals inszeniert, um die Türken in die Irre zu führen. Der durstige Weinbeißer findet seinen Weg, indem er seine Schritte unbeirrt dorthin lenkt, wo die Essigfliegen tanzen.

Das staatliche alte Haus ist wunderschön und bildet mit den Nachbarhäusern und der Kirche ein prächtiges Barockensemble. Ebenso schön ist der Garten, den man bei Sonnenschein selbstverständlich der Schankstube vorzieht, weil er mit Bäumen aller Sorten bepflanzt ist und zu den schönsten Heurigengärten Wiens gehört. Der Schankraum hat wenig Charme, kann es jedoch, was seine Gemütlichkeit angeht, mit jedem pannonischen Wartesaal aufnehmen. Er ist breit, Tische und Bänke sind gleichmäßig ausgerichtet, und an den klugerweise von Wandschmuck ziemlich freigehaltenen Wänden hängen schmiedeeiserne Garderobenhaken wie Foltermaschinen, die Decke besteht aus Holzlatten, der Boden aus Linoleum.

Zweifellos ist bei schönem Wetter, wenn die Weinbeißer den Garten besetzen und ihre Kinder von der Leine lassen, das Angebot des Büffets sehr viel reichhaltiger, als es bei unserem Besuch war. Warm waren lediglich zwei Schweinsbraten, einer mager, einer halbfett, ein Gselchter

Der mit Bäumen bepflanzte Garten ist einer der schönsten Heurigengärten Wiens.

und ein Fleischstrudel. Letzterer wurde portionsweise im Mikroherd aufgewärmt, ohne dadurch erkennbar an Geschmack zu gewinnen. Einige Fleischlaberl hätte man uns auf Wunsch ebenfalls im Ofen reanimiert, aber wir hielten uns an das Sprichwort, wonach man schlafende Hunde nicht wecken soll. Die zur Schau gestellten Würste und Käse verheimlichten ihre Etiketten ebensowenig wie die Semmeln ihr Alter. So war es an einem kalten, unfreundlichen Montagabend bei Mandahus.

Also widmeten wir uns vorwiegend den Flaschen, aus denen hier ausschließlich ausgeschenkt wird. Die Weine zeichnen sich alle durch eine vehemente Säure aus, wobei der Heurige (gemischter Satz) den Vogel abschießt. Auch als Altwein nötigte er uns großen Respekt ab, und beim Grünen Veltliner und beim Welschriesling fanden wir die alte Winzerregel bestätigt, wonach sauer lustig macht. Der Rheinriesling war von vergleichsweise eleganter Fruchtigkeit und veranlaßte mich, die Punktzahl auf 2 anzuheben. Einen Zweigelt produziert die Familie Mandahus auch, aber über den läßt sich nur sagen, daß seine süßliche Blumigkeit ebensowenig zurückhaltend war wie die Säure bei den Weißweinen.

Es wäre unvollständig und ungerecht, würde ich eine Eigenheit dieses Heurigen nicht erwähnen, die im sommerlichen Hochbetrieb keine Rolle spielt. Es handelt sich um den langen Stammtisch am Büffet. Er ist wie eine Rettungsinsel für Nachbarn und Freunde, die sich hierher vor den Problemen einer Außenwelt flüchten, in der der Wein immer süßlich ist und Foltermaschinen nicht als harmlose Kleiderhaken an den Wänden hängen. Dieser Tisch und seine Funktion verdeutlicht die zweite wichtige Bedeutung eines Heurigen, die bei Wein, Weib und Gesang nur zu leicht übersehen wird.

DIEM

80

Nußdorf
19, Kahlenberger Straße 1
Tel. 37 35 82

Von 5. Januar bis 20. Dezember geöffnet

WEIN	AMBIENTE
***	****
BÜFFET	GARTEN
***	****

Die Kahlenberger Straße beginnt ihren romantischen, himmelstürmenden Verlauf an der ganz und gar nicht romantischen Heiligenstädter Straße, und wer glaubt, die Hausnummer 1 müsse sich gleich an der Straßenecke befinden, der kennt die Freude der Wiener Stadtverwaltung an den Verwirrspielen nicht, die mit den abenteuerlichen Einbahnstraßen der Innenstadt beginnen und mit der irrationalen Numerierung an den Außenbezirken noch lange nicht beendet sind.

Die Hausnummer 1 findet der düpierte Weinbeißer deshalb erst jenseits der nächsten Kreuzung auf der linken Seite. Es ist ein stattlicher Eckbau, ein ehemaliges Kloster, und wenn er auf den ersten Blick die imponierende Geschichte des Hauses auch nicht erkennt, so wird dem Durstigen beim Durchschreiten des Tores klar, daß hier nichts ist wie bei anderen Heurigen. Barocke Gewölbedecken direkt hinterm Eingang, Antikholzdekorationen aus der Frühzeit des Weinbaus, eine riesige, fast schwarze Presse, unter der auf einem Podium ein ebenfalls dunkler, quadratischer Tisch vier bis sechs routinierten Weinbeißern eine ideale Kampfstätte bietet. Einige Stufen tiefer breitet sich eine wintergartenähnliche Sitzlandschaft aus wie in einer Hotellobby, wo vier Tische von Stellwänden und üppigen Kunstpflanzen umgeben sind und mehr an einen tropischen Regenwald gemahnen als an die nahen Donauauen.

Es fehlt nirgendwo an Dekorationen, Stallaternen hängen neben vielen Bildern von Weinblättern und -trauben, und sogar solche aus schmiedeeisernen Ornamenten haben im Kontext der dicken Mauern eine ästhetische Berechtigung. Und erst recht die Fotos! Es gibt keinen Hauptschankraum; es existieren viele kleine und ganz kleine, insgesamt angeblich zwölf. Aber keiner ist eng

Der Garten, der von überdachten Tischreihen eingerahmt ist, . . .

... wird von dekorativen Weiden und einem alten Nußbaum bevölkert.

und unbequem, überall kann man sowohl auf Bänken als auch auf Stühlen sitzen. Und überall belegen Bilddokumente die Geschichte des Nußdorfer Weinbaus, der Kahlenbergerstraße und der Familie Diem. Eine hinreißende Gruppenaufnahme aus dem Jahre 1888 (in einer der feinen Stuben zu bewundern) ziert die Etiketten der hauseigenen Rieslinge, und ich wünsche mir viele derartig schöne (und historisch relevante) Etiketten auf unseren heutigen Weinflaschen anstelle der modernistischen Blümchenmalerei in den Farben Chagalls. Der Garten ist zwar wie meistens nur ein Innenhof, aber der einmal eingeschlagene Stil ist auch hier tonangebend. Über einen normalen Garten hinausgehend ist er auch noch Museum für eine Kellergasse, deren Hauptmerkmale an einer Seite zu sehen sind. Insgesamt rechteckig, von überdachten Tischreihen eingerahmt, die an einer Seite dreistöckig angeordnet sind wie in einer römischen Arena, von dekorativen Weiden und einem alten Nußbaum bevölkert, bietet der Garten vierhundertfünfzig durstigen Weinbeißern Platz. Bellissima!

Was nun die Weine angeht, so ist die Auswahl groß und die Qualität gut, ohne Ausreißer nach oben oder unten. Ersteres ist verwunderlich, da die önologischen Ambitionen der Familie Diem nicht nur überall sichtbar, sondern bei den Weinen auch zu schmecken sind. Wir tranken sie alle, was an sich eine schöne Leistung darstellt, und fanden alle mehr oder weniger gelungen, nämlich sauber und süffig, aber der erhellende Blitz, der das Wunder ankündigt, das augenverdrehende Ahhhh! – sie wollten sich nicht einstellen. Das lag vielleicht daran, daß der Chardonnay wieder einmal sein Klassenziel nicht erreichte oder daß der Cabernet Sauvignon wie ein mittlerer Barolo schmeckte, auch den schlanken Rieslingen fehlte das letzte bißchen an Rasse. Dafür waren Weißburgunder, Neuburger und roter Traminer hocherfreulich, und für die Überraschung sorgte eine Primus getaufte Cuvée aus Riesling, Silvaner und Frühroтem Veltliner, welche Fruchtigkeit mit einer rassigen Frische verbindet, wie man es beim Heurigen erwartet.

Die Küche möchte ebenfalls über den normalen Heurigen-Standard hinaus, das gibt sie durch ein reichhaltiges Angebot zu erkennen. Da fehlen nicht die faschierten Laiberl, das Grillhendl, die Ochsenzunge, Kalbstelze, verschiedene Bratwürste, Schweinsbraten, Blunzengröstel, von den unzähligen Salaten und Käsen ganz zu schweigen. Ist alles ganz gut, doch so zurückhaltend gewürzt, daß auch hier, wie beim Wein, die Augen sich nicht verdrehen wollen.

Auf Wunsch kann der dekorative Faßkeller besichtigt werden.

FEUERWEHR-WAGNER

81

Heiligenstadt
19, Grinzinger Straße 53
Tel. 320 24 42

Täglich ab 15.30 Uhr geöffnet

WEIN	AMBIENTE
**	****
BÜFFET	**GARTEN**
***	****

Der Garten beginnt unter den wuchtigen Arkaden am Haus, wo man zünftig den Humpen schwingen kann.

Heiligenstadt ist das untere Ende von Grinzing. Das bedeutet, daß man diese Heurigenkolonie erreicht, indem man mit der Straßenbahn 38 nach Grinzing fährt und bergab bis Heiligenstadt läuft, oder man nimmt die U 4 und fährt bis zur Endstation Heiligenstadt. Dort wartet man vor dem Bahnhof auf den Bus 38A, wobei man Gelegenheit hat, einen Teil des grandiosen Karl-Marx-Hofs zu betrachten, eine Sozialsiedlung aus dem Jahr 1928, deren Modernität noch heute beeindruckt. Fünf Haltestellen weiter liegt einer der schönsten Heurigen Wiens. Der Feuerwehr-Wagner ist ein stattliches Barockhaus mit einem himmlischen Garten. Die fünf Schankräume gehen ineinander über, sie sind geräumig, gut ausgeleuchtet, der Fußboden besteht aus schönen, gewachsten Holzdielen, im Winter wird mit großen Kachelöfen geheizt. Zwischen den Tischen ist viel Platz, geschunkelt wird hier nicht, dazu fehlt die Musik, und auch die Gäste machen nicht den Eindruck, als sehnten sie sich nach fröhlicher Verbrüderung; die Atmosphäre ist gepflegt. Mein Pfadfinder nennt das einen Nobelheurigen.

Der Feuerwehr-Wagner ist einer der schönsten Heurigen Wiens.

Über dem hinteren Raum unter dekorativem Dachgebälk existiert noch ein erster Stock, so daß hier eine Menge Gäste verköstigt werden können. Noch mehr haben im Garten Platz, und der beginnt bereits am Haus unter wuchtigen Arkaden, wo man zünftig den Humpen schwingen kann, und setzt sich terrassenförmig fort unter Bäumen und zwischen Hecken bis zum Horizont.

Was man beim Feuerwehr-Wagner trinkt, hat die übliche Heurigen-Qualität. Zwar haben sie hier keine Zapfstation wie an den anderen Tankstellen, sondern schenken, wie mir versichert wird, alle Weine aus der Flasche. Aber schmeckbar war der Unterschied nicht. Der Rheinriesling erschien mir noch am sortenreinsten; andere Tropfen fand ich uninteressant (der Welschriesling matt, der gemischte Satz aggressiv), wiederum andere waren ausgetrunken. Immerhin werden die meisten Weine in guten Gläsern ausgeschenkt.

Am Büffet findet man ein relativ kleines Angebot, und auch hier ist die Qualität wie bei den meisten Heurigen, also durchschnittlich. Nichts was einen verärgern würde, aber auch nichts von erwähnenswerter Delikatesse. Insgesamt fanden wir die Mehlspeisen am besten geraten.

MAYER AM PFARRPLATZ

88

Heiligenstadt
Beethovenhaus
19, Pfarrplatz 2
Tel. 37 12 87

Ganzjährig geöffnet, täglich ab 16 Uhr,
So und an Feiertagen ab 11 Uhr

WEIN	AMBIENTE
****	****
BÜFFET	GARTEN
***	***

Wo Beethoven einst seine Neunte schrieb, läuft heute der Weinbeißer zur Bestform auf.

Dieses Haus betritt niemand, der nicht vorher darauf aufmerksam gemacht wird, daß Beethoven hier die Neunte geschrieben hat. Trotzdem nennen Wiener Weinbeißer den Mayer am Pfarrplatz nicht seinetwegen einen Prominenten-Heurigen, sondern wegen der laufenden Kundschaft, unter die sich, für den auswärtigen Besucher meistens unerkannt, einige oder viele Wiener Prominente mischen. Prominent ist in Wien immer der jeweilige Bürgermeister, dann der vorige Bürgermeister, der Burgtheaterintendant, sämtliche Schauspieler und Schauspielerinnen des Burgtheaters, die gegen den Intendanten intrigieren, sowie Niki Lauda. Für solche bunten Vögel ist der Mayer am Pfarrplatz ein Biotop, weil hier, leichter als anderswo, ein Weinbeißer zur Bestform aufsäuft.

Das liegt vor allem an den Weinen, den sortenreinen Flaschenweinen, die alle auch glasweise ausgeschenkt werden. Wir haben uns wacker geschlagen und waren den Lokalmatadoren bei der Trinkgeschwindigkeit eindeutig überlegen, was diese allerdings durch die schiere Menge wieder wettmachen konnten.

Wir waren da etwas gehandicapt, da der Sportsfreund gleichzeitig auch seinen Hunger stillen mußte. Daß Gäste hier durchs Essen Zeit verlieren, die ihnen zum Trinken dann nicht mehr zur Verfügung steht, liegt an der Situation dieser Buschenschank. Es sind zwei Häuser, durch den schön begrünten Garten getrennt. Da es wieder zu kalt war, um den Essigfliegen in der freien Natur zuzuschauen, saßen wir, wie alle Weinbeißer, im rechten Haus, das Büffet aber befindet sich im linken. Das bedingt für jeden Teller, den man sich zur Stärkung holt, einen Gang durch den Garten und somit Zeitverlust. Die Auswahl an warmen und kalten Viktualien ist hervorragend. Wir hatten das Glück, eine frisch gebratene Ente zu erwischen; sie war zart und saftig. Die Fleischlaberln perfekt gewürzt, ebenso der Erdäpfelsalat; bestens der Ziegenkäse und die mit Schafskäse gefüllten Peperoni, und von ganz besonderer Qualität der Zwetschgenstrudel. Hauchdünn und glänzend der Teig, ein Ausstellungsstück, wie er da auf dem Büffet lag. Leider haben sie ihn, wie auch andere Dinge, im Mikrowellenherd noch einmal erhitzt, was seiner Maquillage natürlich nicht bekam.

Dennoch war er wie geschaffen, um einem der besten Hausweine, einer Gewürztraminer Auslese, zu herrlicher Selbstdarstellung zu verhelfen. Die Ente spülten wir mit einem frischen, aber gehaltvollen Blauburgunder hinunter, nachdem wir die ebenfalls empfehlenswerten Grünen Veltliner Kabinett und Alsegger Rheinriesling Kabinett mehrfach gewürdigt hatten.

Man könnte fragen: Mußte es denn gleich mehrfach sein? Ja, muß es. Ein Heurigen ist kein Kaffeehaus, wo man sich stundenlang an einer Melange und dem dazu servierten Glas Wasser festhalten kann. Zwar ist auch lauwarmer Kaffee kein Genuß; aber lauwarmer Wein ist entsetzlich.

Der schön begrünte Garten trennt die beiden Häuser dieser Buschenschank.

Im übrigen ist das Glück nicht grenzenlos, auch nicht in der Welt der Heurigen. Also will ich das mißlungene Rotkraut nicht verschweigen, welches ungewürzt und so fad war wie die Knödel, während der Nußberger Chardonnay möglicherweise die »wunderschöne reife Säure« besaß, die die Weinkarte ihm zuschrieb, doch ein Chardonnay zeichnet sich eher durch wenig Säure, dafür jedoch durch subtile Aromen aus, die beim besten Willen nicht zu entdecken waren. Aber die Gläser, um das noch anzumerken, sind so gut, wie sie sein müssen.

KARL WELSER

81

Heiligenstadt
19, Probusgasse 17
Tel. 37 36 70

Ganzjährig geöffnet, täglich ab 16.30 Uhr

WEIN	AMBIENTE
***	****
BÜFFET	GARTEN
***	***

Kein Kitsch verunstaltet das Ambiente, und Musik gibt es nur an vier Tagen in der Woche.

Von Grinzing nach Heiligenstadt kann man zu Fuß laufen, und ich hoffte, zum Besten meiner Gesundheit zu handeln, indem ich genau das getan habe. Heiligenstadt unterscheidet sich von Grinzing dadurch, daß die Gassen zu schmal sind, um Reisebussen das Parken zu ermöglichen. Also springen die Touristen mit Fallschirmen ab oder schlagen sich sonstwie durch. Die Wiener Weinbeißer erkennt man an ihrem konventionellen Schuhwerk. Überhaupt verkehrt hier ein anderes Publikum als in Grinzing.

Auf den ersten Blick gibt es sich als gutbürgerlich zu erkennen. Woran erkennt man im Heurigen gutbürgerliche Wiener? Die Herren an der Krawatte, die Damen am Schmuck, und sie kehren nur dort ein, wo die Musik streikt, und essen kleine Portionen.

Dabei ist das Essen beim Welser (Karl) keineswegs fett. Es sieht außerordentlich appetitlich aus. Die gefüllte Schweinsbrust wie aus dem Musterbuch für Bankettköche, das Rumpsteak so englisch wie die Times, die Rippchen, der Schweinsbraten, Erdäpfelauflauf, Selleriescheiben, Schwarzwurzelsalat – alles von einem Könner zu- und hergerichtet. Leider überläßt der Mann das Würzen einem Unwürdigen: etwas mehr Salz, und alles wäre perfekt. Was ja immer noch eine gute Bilanz ist. Sie wird verstärkt durch den Wein. Es gibt nur Sortenweine. Rheinriesling, Grüner Veltliner und Blaufränkisch. Alle ordentlich bis gut, kein Einspruch, Euer Ehren. Einen Altwein haben sie – so nennt man in Heurigenkreisen alles, was älter als 365 Tage ist, in diesem Fall einen Rheinriesling vom Vorjahr –, der wird in feinen Gläsern serviert, und, parbleu, er verdient es!

Warum soll ich einfache Weine trinken, wenn es hervorragende gibt? Die Wiener selbst singen in ihren Liedern

Der Garten im Innenhof ist einer der intimsten und gemütlichsten in Heiligenstadt

stets von der Stunde, die es zu genießen gelte, weil das Morgen schon die Hölle sein kann, womit sie andeuten wollen, daß der Wein ausgehen könnte. Ich muß zugeben, daß die Gefahr tatsächlich besteht.

Der Garten im Innenhof ist einer der intimsten und gemütlichsten in Heiligenstadt, zusätzlich begrünt mit Büschen und Blumen; die Decken der Innenräume haben eine sanfte Gewölbeneigung, Tische und Bänke bilden wohltuend harmonische Sitzgruppen, dazwischen bieten hölzerne Geländer dem Weinbeißer Schutz vor der rasenden Drehung der Erde. Kein Kitsch verunstaltet das Ambiente, der Fußboden ist gepflegtes Parkett, die Deckenlampen sind halbantik und originell, Musik gibt es nur an vier Tagen in der Woche – kein Wunder, daß die Wiener schon mal Krawatte zeigen, wenn sie hier einkehren.

Um jede Verwechslung auszuschließen, sei darauf hingewiesen, daß nur wenige Schritte oberhalb, ebenfalls in der Probusgasse, aber auf der anderen Straßenseite unter der Nummer 12, ein anderer Heuriger namens Welser existiert. Doch der kann mit Karl Welsers Buschenschank nicht mithalten, obwohl er ebenso populär ist.

ZIMMERMANN

87

Heiligenstadt
19, Armbrustergasse 5
Tel. 37 22 11-0

Ganzjährig geöffnet (außer August),
täglich ab 17 Uhr,
So und an Feiertagen geschlossen

WEIN	AMBIENTE
***	****
BÜFFET	GARTEN
***	****

Was beim Zimmermann gastronomisch herausragt, sind die hausgemachten Speisen.

Mein offizieller Informant gab sich große Mühe zu erklären, warum der Zimmermann kein echter Heuriger sei, sondern nur ein vorgetäuschter Heuriger. Seine Argumentation ist mir nicht neu. Ich kenne sie von den Diskussionen mit den Beislfreunden e.V. Dazu muß ich etwas sagen, was ich schon einmal gesagt habe.

Wie alle Eingeweihte und Kenner – ob es sich um Liebhaber der Andouillette handelt oder um die wenigen, denen die Zusammensetzung des originalen Liptauers bekannt ist – sind auch die Stammgäste der Heurigen davon überzeugt, exakt zwischen dem echten Heurigen und dem falschen, dem imitierten und dem Nobelheurigen unterscheiden zu können. Wahrscheinlich können sie es wirklich; und sie benutzen ihr Wissen dazu, alle Heurigen auszugrenzen, die nach ihrer Meinung nicht zu den echten gehören. Und echt heißt fast immer primitiv.

Deshalb stehen die Schmalzbrot-Heurigen höher in der Gunst der Wiener Weinbeißer als die mit dem warmen Büffet. Deshalb ist ihnen noch der fadeste gemischte Satz lieber als ein sorgfältig ausgebauter Rheinriesling. Es ist die bekannte und allseits beliebte Vorliebe fürs Rustikale, worunter Traditionalisten alles verstehen, was nicht verfeinert ist.

Wie dem auch sei, ich habe das Gefühl, mein Blutdruck ist auch ohne solche Diskussionen in schwindelnde Höhen gestiegen. Vielleicht sollte ich weniger gemischte Sätze trinken, dafür mehr im Barrique ausgebaute Saint-Laurent. So einer steht beim Zimmermann auf der Karte der Bouteillenweine, die man leider nicht glasweise verkosten kann. Und er bildet nach meinen diversen Versuchen den Höhepunkt der hauseigenen Weine. Gewiß ist auch der Rheinriesling erfreulich, weil rassig und frisch, und der Heurige (Grüner Veltliner) besitzt genau jene Ruppigkeit,

Drinnen wie draußen findet man lauschige Nischen und romantische Ecken.

welche die Hostessen von Lauda Air unterdrücken müssen. Der Chardonnay hat, wie üblich in der Weinbauregion Wien, keine Ähnlichkeit mit dem Original aus Burgund. Alle Weine bewegen sich im Rahmen der Erwartungen, die man an einen Heurigen stellt. Was hier beim Zimmermann gastronomisch herausragt, sind die hausgemachten Speisen. Zur Höchstnote reicht es nicht, weil ein Brathuhn kaum gewürzt, das Fleisch im Kraut trocken und die eingelegten Paprika à la provençale weder das Aroma des Midi besaßen noch sonstwie attraktiv waren. Exzellent hingegen der faschierte wie auch der Kümmelbraten und die Kalbsstelze, besonderes Lob gebührt so einfachen Dingen wie den Fisolen und den Bratkartoffeln.

Soweit ist also alles überwiegend erfreulich, wenn ich mir auch zu den Bouteillenweinen bessere Gläser wünsche und, bei den roten, niedrigere Temperaturen. Der Service wurde von einer jungen Dame ausgeübt, die als Anästhesistin auf einer Intensivstation glaubwürdiger gewirkt hätte.

Doch die wirkliche Attraktion von Zimmermann sind der Garten und das Ambiente der verschiedenen Gebäude. So lauschige Nischen, so romantische Ecken, ausstaffiert mit alten Bauerntischen und -bänken unter dichtem Weinlaub, so verschiedene Winkel auch im Haus, wo man in der Schank zwar unkomfortabel eng sitzt, so daß die Buckel anderer Weinbeißer die fehlenden Rückenlehnen ersetzen können – wo aber letztlich alles eine gepflegte, ja geschmackvolle Gemütlichkeit ausstrahlt, welche sogar Gäste anzieht, denen man am Vortag beim Tee im Hotel Bristol begegnet ist. Die ungetrübte Behaglichkeit in diesem Heurigen ist unter den Buschenschänken tatsächlich rar.

MUTH

84

Heiligenstadt
19, Probusgasse 10
Tel 37 22 47

Ganzjährig geöffnet (außer Dezember), täglich ab 15 Uhr

WEIN	AMBIENTE
****	***
BÜFFET	GARTEN
****	**

In der unprätentiös eingerichteten Gaststube werden untadelige Produkte aus Küche und Keller serviert.

Wegen seiner Intimität nimmt dieser Heurige in der Probusgasse eine Sonderstellung ein. Hier, kurz vor dem Beethovenplatz, wo sich die Prominenten-Heurigen nur so drängen (deren Fassaden alle ziemlich ähnlich sind), wo Weinbeißer und Touristen sich die Plätze streitig machen und Musik eher alltäglich ist denn die Ausnahme, hier existiert ein Familienbetrieb mit allen Vorzügen dieses Genres. Er ist nicht groß, nicht turbulent; hier wird nicht aufgetrumpft mit der historischen Bedeutung des Hauses und der Gast nicht angeödet mit Rebstockfolklore von der Stange. Hierher kommen Stammgäste (an betriebsamen Sommerwochenenden mag das anders sein) wegen der Qualität der Weine und des Büffets.

Wie fast überall beginnt auch hier der Garten hinter dem Tor. Er ist nicht sehr groß und wird von einer mächtigen Kastanie vor dem Loch in der Ozonschicht geschützt; energiegeladene Kinder können sich am hinteren Ende austoben.

Die Eltern finden drinnen Ruhe. Der vordere Schankraum ist an stillen Tagen mit einer altmodischen, gläser-

In diesem Heurigen findet man Ruhe.

nen Schiebetür vom hinteren getrennt. Vorne ziehen sich Bänke nur an den Wänden entlang, Tische und Stühle sind alt, aber nicht rustikal. Das Holz hat eine schöne, dunkle Patina, einen gemauerten Ofen gibt es in beiden Räumen. Es sind unprätentiös eingerichtete, normale Gaststuben, mithin hier im touristischen Heurigen-Reservat eine Seltenheit.

Der Wein dieses Heurigen ist sehr gut. Ob Heuriger (Wiener Satz) oder Grüner Veltliner, Rheinriesling Kabinett oder Traminer, oder aber die sehr gelungene, trockene Spätlese von einer Weißburgunder/Ruländer Cuvée – alles saubere, süffige Weine, wie man sie bei einem Heurigen erhofft, aber nicht immer findet.

Ebenso untadelig sind die Produkte aus der Küche. Der Surbraten vorbildlich, der vom Spanferkel geradezu preiswürdig, so zart und saftig fanden wir ihn selten. Das Sauerkraut und die Blunzen – eine Freude für den Pfadfinder, das Fleischlaberl ebenfalls, und einer besonderen Erwähnung wert war der frische Schafskäse, der geradewegs vom Bauernhof zu kommen schien. Kein Einwand? Nein, Euer Ehren, kein Einwand. Wie sagte doch der ehemalige Bürgermeister Dr. Zilk? »Grinzing ist besser als sein Ruf!« Recht hat er, auch wenn Heiligenstadt irgendwie nicht Grinzing ist.

PRILLINGER-METZGER

65

Döbling
19, Rudolfinergasse 7
Tel. 368 25 85

Unregelmäßige Öffnungszeiten,
telefonisch erfragen

WEIN	AMBIENTE
**	****
BÜFFET	GARTEN
*	*

Einer der gemütlichsten kleinen Heurigen Wiens bietet Forsthauscharme ohne gastronomische Höhepunkte.

Der Bindestrich im Namen deutet darauf hin, daß dieser Heurige nicht gleichzeitig auch ein Schlachter ist. Das stellt sich als Nachteil heraus. Ansonsten ist es einer der gemütlichsten kleinen Heurigen Wiens. Die schmale Einbahnstraße mit dem schönen Namen Rudolfinergasse verbindet die Silbergasse mit der Billrothstraße, nicht umgekehrt.

Betritt man den Hof durch das Tor an der Straße, fällt zunächst ein bizarrer, schief gewachsener Baum ins Auge, der nach Aussage der Stammgäste ein 180 Jahre alter Maulbeerbaum ist. Um ihn herum und wenige Schritte dahinter befindet sich der Garten, von dessen Ende man einen guten Blick in die Zimmer des Rudolfinerkrankenhauses hat.

Doch die wirkliche Attraktion ist die Schankstube, in der man sich fühlt wie im Forsthaus. Oder in Onkel Heinrichs Schrebergartenlaube. Schwer zu sagen, was hier anders ist als in anderen kleinen Heurigen. Das Holz der Tische ist schöner, gewiß, auch sind die kleinen Tischdecken nicht alltäglich. Im Winter bullert versöhnlich der

Hinter diesem Tor verbirgt sich ein 180 Jahre alter Maulbeerbaum.

Kachelofen. Aber letzten Endes ist es wohl die Summe winziger Details, die dem kleinen Schankraum seinen ungewöhnlichen Charme verleihen.

Das Büffet ist klein, und was es enthält, begeisterte uns nicht. Bis auf die Fleischpflanzerln war alles vom Vortag oder Vormonat, aufgetaut, aufgewärmt, teilweise verbrannt und immer trocken. Die Misere der Salate aus Eimern und Gläsern ist in Heurigenkreisen leider chronisch, aber wenn der Schweinsbraten einer Liaison von Weichholz und Hartgummi entstammt, das Brathuhn faltiges Pergament anstelle der Haut trägt und die fleischgefüllten Miniknödel bereits im Pliozän gerollt wurden, dann wünscht man sich tatsächlich eine Metzgerei im Haus. Gottlob sind die wenigen Weine süffig, ohne sonstwie bemerkenswert zu sein, aber das ist die Regel; Ausnahmen sind selten.

HENGL-HASELBRUNNER

92

Döbling
19, Iglaseegasse 10
Tel. 320 33 30-0

Ganzjährig geöffnet,
täglich ab 14 Uhr

WEIN	AMBIENTE
****	****
BÜFFET	GARTEN
****	**

Die Professionalität bei der Weinherstellung wird hier ergänzt durch die hohe Qualität der Speisen.

Man kann mit der Straßenbahn hinfahren, mit der 38 wie nach Grinzing, nur muß man vorher an der Paradisgasse aussteigen (die auf dem zweiten a betont wird) und diese in Richtung Osten fast bis zum Ende hinuntergehen. Dort befindet sich ein ausgeschildeter, schmaler Eingang zum Garten dieses Heurigen, dessen offizieller Eingang auf der Parallelstraße, der Iglaseegasse, ist. Von wo man sich auch nähert, die stillen Straßen mit den bürgerlichen Villen machen nicht den Eindruck, als könnte es in ihrer Nachbarschaft so etwas wie einen volkstümlichen Heurigen geben.

Volkstümlich wäre auch die letzte Eigenschaft, die man dem Hengl-Haselbrunner zuschreiben möchte. Vielmehr handelt es sich hier um einen Etabliertentreff, um eine Buschenschank im Gewande eines Restaurants. Betritt man das Haus, verrät der erste Raum noch nichts von dem, was einen erwartet. Er ist schmucklos und besitzt die typischen, grün gestrichenen Tische des Normalheurigen. Doch es handelt sich hier um den Vorraum, in dem ohnehin niemand sitzt. Eine Tür und drei Schritte später ist alles anders. Insgesamt gibt es fünf verschiedene Räume und zwei attraktive Nischen im Gang, welche alle typisch sind für eine gewisse Folklore, wie sie einerseits in einem Hochgebirgsgasthaus, andererseits in einer elsässischen Bahnhofsschänke vorstellbar ist. Mit letzterer meine ich den beliebtesten, größten Raum, dessen imposante und wuchtige Holzdecke ein wahres Prachtstück ist. Aber auch die Anordnung der Bänke mit ihrer gemusterten Polsterung, die antikisierenden Details der Innenarchitektur und die fieberfreien Dekorationen lassen die typische Heurigen-Folklore vermissen – wenn es so etwas denn überhaupt gibt, und wenn man sie tatsächlich vermissen sollte. Die letzten Illusionen werden dem Sucher nach der Heurigen-Authentizität genommen, wenn er die auf den Tischen ausliegende Weinkarte studiert. Einmaliges Lesen genügt nicht. Denn beim Hengl-Haselbrunner haben sie mehr Sortenweine auf Lager als im restlichen Döbling, behaupte ich mal. Es sind jedenfalls sehr viele Weine, die hier aus eigenem Anbau angeboten werden, und sie sind alle vorzüglich! Mein Pfadfinder, der uns mit der Wünschelrute und nicht aus eigener Erfahrung hierher geleitet hatte, wurde euphorisch bei der Vorstellung, was er jetzt alles probieren würde. Doch dann waren es auch für ihn zu viele Weine.

Ich habe mich, so schlecht es ging, zurückgehalten, und die Heurigen ohne Pedigree übergangen. Dafür wurde ich bei den Bouteillenweinen mehr als belohnt. Sie alle kann man als Achtel im besseren Glas verkosten, und alle sind hervorragend. Zu meinen Favoriten zählen der trockene, elegante Traminer, die Rheinrieslinge aus verschiedenen Jahrgängen, der saftige Sauvignon blanc, eine Cuvée aus Riesling und Chardonnay, und vor allem der Cabernet Sauvignon. Letzterem möchte man die Herkunft aus dem

Die eher geringe Attraktivität des Gartens ist kein Thema für Stammgäste.

Weinbaugebiet Wien nicht glauben, weil er so bißfest ist, ohne modische Glätte und ohne die gefällige Süffigkeit, welche zwar bei jungen Weißweinen ihre beste Eigenschaft ist, beim Roten jedoch meistens Kosmetik zu Lasten des Charakters bedeutet.

Die Professionalität bei der Weinherstellung wird hier ergänzt durch die hohe Qualität der Speisen. Auch am Buffet geht es so üppig zu wie auf der Weinkarte; unmöglich, alles zu probieren, was angeboten wird. Wir nahmen die Gelegenheit wahr, die übliche Schweinefleischdiät zu umgehen. Es gibt Parmaschinen, Roastbeef und einen Rindfleischsalat mit Kernöl, wir aßen Blunzen (zugegeben Schwein) mit Sauerkraut und eine Zunge von babyhafter Zartheit, wir staunten über die Delikatesse des Krautsalates und die schöne Würze im Erdäpfelsalat, eine hauchdünne Scheibe Röstbrot aus Weizenkleie war ebenso ungewöhnlich wie bei den Käsen der Gorgonzola und der Tête de Moines.

Bei den Mehlspeisen wollten wir passen. Sie sahen etwas wuchtig aus, was uns nach den vorausgegangenen Tellern eher einschüchterte. Doch dann siegte die Neugier. Und siehe da, sie schmeckten göttlich, weil sie im Gegensatz zu ihrem Aussehen leicht waren und reine, von jeder Künstlichkeit weit entfernte Aromen hatten.

Bei diesen kulinarischen Freuden ist die geringe Attraktivität des Gartens kein Thema für die Stammgäste. Einen Garten haben sie im Zweifelsfall selbst hinterm Haus; zum Hengl-Haselbrunner aber gehen sie wegen der Qualität der Küche und Keller und weil sie, im Gegensatz zu Grinzing, in den gemütlichen Räumen unter sich sind.

WIENINGER

72

Stammersdorf
21, Stammersdorfer Straße 78
Tel. 292 41 06

Ganzjährig geöffnet, täglich ab 15 Uhr,
Mo und Di geschlossen

WEIN	AMBIENTE
****	*
BÜFFET	GARTEN
***	*

Der Wieninger gilt als Wiens bester Winzer, doch romantischen Charme sucht man hier vergebens.

Auch nach Stammersdorf kann man sich von der Straßenbahn transportieren lassen. Die 31 fährt vom Schottenring unverdrossen in Richtung Norden, über die Neue und die Alte Donau, und erreicht nach einer langen und erschöpfenden Fahrt den Ortsteil Stammersdorf. Der sieht auf den ersten Blick nicht aus wie ein Winzerdorf. Sogar die Heurigen und ihre Gärten, die sich auf beiden Seiten der Stammersdorfer Straße befinden, besitzen nichts von der biedermeierlichen Romantik der Heurigen in Grinzing oder Neustift; ländliche Idyllen, wenn es sie denn gibt, verstecken sich hinter banalen Häuserfronten.

Diese Straße sind wir entlanggewandert, der Sportsfreund und ich, was, da sie lang ist, zu einer durchaus gesundheitsfördernden Anstrengung hätte werden können, wenn uns nicht vorzeitig der Durst übermannt hätte. Ich kenne einen Langstreckenläufer, der von den delirierenden Momenten beim Marathon schwärmt, welche ihn nach ungefähr dreißig Kilometern befallen. Uns gelang es, diesen wunderbaren Zustand schon nach knapp einem Kilometer zu erreichen, weil wir beim Wieninger einkehrten.

Der Wieninger hat ein großes Tor, durch das man direkt in den Garten gelangt. Der ist mit Tischen und Bänken so vollgestellt, daß ich mich frage, wie der Schankbetrieb hier funktioniert, wenn die Sonne scheint und die Weinbeißer jeden Quadratzentimeter besetzen. Vor der Sonne schützt ein einsamer Nußbaum und, an der linken Gartenseite, ein schattenspendendes Dach. Irgendwelche Attraktionen oder gar romantischen Charme sucht man vergebens.

Die Wirtsstuben wiederholen das Prinzip der totalen Raumausnutzung. Auch wenn es drinnen vielleicht nicht enger ist als in anderen engen Heurigen, so lassen doch die niedrige Decke des vorderen, langgestreckten Raumes und seine geringe Breite eher an einen überfüllten Bummelzug denken als an einen gemütlichen Heurigen. Nein, gemütlich ist es hier nicht. Aber voll.

Denn der Wieninger gilt als Wiens bester Winzer; seine Weine werden als erste genannt, wenn von der hohen Qualität des Wiener Weinbaus die Rede ist. Und das mit Recht.

Vom heurigen Veltliner bis zum Chardonnay mit 13,5 Prozent Vol., vom Riesling Kabinett mit 8,4 Gramm Säure bis zur »Wiener Trilogie«, wie eine Cuvée aus 60 Prozent Zweigelt, 30 Prozent Blauburger und 10 Prozent Cabernet Sauvignon genannt wird, habe ich so ziemlich alles probiert, was es beim Wieninger zu probieren gibt. Mein Favorit war schließlich ein 94er Grüner Veltliner Ried Herrenholz, dessen Reintönigkeit und Sauberkeit nicht wie einige andere Sorten von übermäßigem Extrakt aus dem Gleichgewicht gebracht werden. Beim Wieninger habe ich sogar eine Premiere erlebt. Er hat einen Chardonnay als Beerenauslese vinifiziert, mit 59 Gramm Restzucker pro Liter, 14 Prozent Vol. und 8,8 Gramm Säure.

So etwas hatte ich noch nie getrunken, und ich verspreche, es auch nie wieder zu tun. Immerhin zeigen solche Experimente (die Wieninger vorzugsweise mit dem modischen Chardonnay anstellt) die Leidenschaft, mit der der junge Winzer seinen Beruf betreibt.

Auf der »Preisliste ab Hof«, die alle lieferbaren Weine enthält, werden von jedem Wein die genauen Analysedaten angegeben. Also Alkohol, Säure und Restzucker, ob und wie lange im Holzfaß gelagert, ob mit oder ohne malolaktischer Gärung ausgebaut – kurz, alles was den Weinbeißer wirklich interessiert, muß er nicht erst erfragen.

Nicht nur weil es die Neugier gebietet, auch weil sie allesamt hervorragend schmecken, summieren sich beim Wieninger die Achtel und die Viertel schneller als anderswo. Auch das trägt zur Beliebtheit dieses Heurigen bei, zumal man hier etwas Anständiges zu essen kriegt. Wäre das Backhendl nicht zerkocht und der faschierte Braten nicht versalzen gewesen, so wäre der Wieninger nicht nur für den Wein, sondern auch für die Küche hoch zu loben! Herrlich gewürzt der Braten vom Schwein, köstlich der Spinatstrudel mit Paprika, der Nudelauflauf, der exzellente Blunzenstrudel und die selbstgemachten Mehlspeisen.

Da es zu all dem jeweils einen passenden Wein gibt, machten uns die Schmiedeeisenornamente, die Pergamentlampen und die Dekorziegelwand das Leben nicht sonderlich schwer.

Dankbar registrierten wir auch die fehlende Musik.

FRITSCH-WANDERER

72

Stammersdorf
21, Stammersdorfer Straße 76
Tel. 292 41 91

Ganzjährig geöffnet, täglich ab 14 Uhr, Mi geschlossen

WEIN	AMBIENTE
****	**
BÜFFET	GARTEN
****	***

Die Aorta der Wiener Heurigen ist die Stammersdorfer Straße in Stammersdorf. Was hier nicht pulsiert (sagt mein als Pfadfinder getarnter Gewährsmann aus dem 1. Bezirk), pulsiert auch woanders nicht. Ich ahne, was er meint, und messe 55 Schläge in der Minute vor dem ersten Viertel. (Später werden es etwas mehr gewesen sein; aber da habe ich mich nicht mehr dafür interessiert.)

Der Heurige der Familie Fritsch-Wanderer liegt Tür an Tür mit dem Heurigen der Familie Wieninger. Und ohne mir etwas dabei zu denken, muß ich sagen, daß auch hier die Weine exzellent sind. Anders natürlich, das bedingt die Konkurrenz. Aber drei verschieden ausgebaute Chardonnays auch hier, das überrascht nicht. Sie sind nicht ähnlich, und ich will sie auch nicht vergleichen. Nur so viel: Der gewöhnlichste, er wird »Le Petit Pinot« genannt, trägt seinen Namen wahrscheinlich zu Recht, weil er vom typischen Chardonnay-Aroma wenig mitbekommen hat. Sauber und süffig und mit einer schönen Säure ausgestattet, das ja. Aber wer die spezielle Note eines reifen Chardonnay sucht, wird beim »Le Grand« getauften Weißwein der gleichen Traubensorte eher etwas finden. Nicht alles, und keineswegs gebührt ihr das Prädikat »sortentypisch«. Das mochte der dritte Chardonnay des Hauses verdient haben, der im Barrique ausgebaute »Le Grand«. Doch der war längst ausgetrunken, als wir mit hängenden Zungen an einem Samstagabend in dem mit deutschen Volksliedern und Sängern ausgefüllten Lokal den letzten Tisch erwischten.

Die Bedienung ertrug den Trubel mit bewundernswürdigem Humor, fand aber verständlicherweise keine Zeit, auch noch den klebrigen Tisch abzuwischen. Jedenfalls mußten wir nie wegen leerer Gläser intervenieren. Bei den Schankweinen fanden wir, unserem traditionellen

Auch größten Trubel erträgt die Bedienung mit bewundernswürdigem Humor.

Radikalrenovierung der traditionsreichen Mauern bürstete die letzten Spuren einer romantischen Patina aus.

Geschmack entsprechend, einen wunderbaren Grünen Veltliner, weil der nicht als liebreizender Meßdiener verkleidet worden war, sondern ungekämmt und bräsig seine bäuerliche Herkunft erkennen ließ. Beim Weißburgunder Altwein hätten wir uns mehr Eleganz gewünscht, aber das war dann auch die einzige kleine Irritation beim Weinbeißer und mir. Die andere, größere, betraf die fünfzehn Jahre alte Traminer Beerenauslese. Sie war trocken wie ein Stockfisch und hatte 14,5 Prozent Alkohol. Wie das möglich ist, muß ich mir mal von einem Chemiker erklären lassen. Ansonsten ist dazu nur zu sagen, daß sie hervorragend schmeckte – zum Käse (sie war ja trocken!), aber nicht zum Topfenstrudel. (Welcher exzellent gewürzt war und eines süßeren Weines würdig gewesen wäre.)

Die Küche weiß, wie viele kritische Augen und hungrige Münder in der Saison vor ihrem Büffet auf ein Wunder hoffen. Also ist der Surbraten von perfekter Saftigkeit, besitzt das Grillhendl die Qualität, die schon Max und Moritz schätzten; also werden Zucchinischeiben und Blumenkohl in Teig eingebacken, damit die Weinbeißer eine Unterlage für kommende Exzesse haben. Vielleicht auch deshalb ist das Krautgemüse eine ziemlich säurearme Variante der Choucroute, dafür aber mit Grammeln angereichert und mit Schmalz geschmeidig gemacht, welches auch dem Wiener Schnitzel vom Schwein zu großer Entfaltung verhilft. Zumal sich zwischen Panierschicht und Fleisch keine wässerigen Hohlräume verbergen. (Woran die Schnellmast zu erkennen ist.)

Auch diesem Heurigen wurden, wie so vielen anderen, die letzten Spuren einer romantischen Patina ausgebürstet und seine traditionsreichen Mauern durch Radikalrenovierung modernisiert. Das Resultat ist immer zu beklagen;

beim Fritsch-Wanderer besonders. Zu wuchtig die Balken, zu bombastisch die Decken. Das falsche Fachwerk an den Wänden, die Lampen mit dem imitierten Seidenschirmen, Schmiedeeisenornamente aus dem Katalog, Stallaternen über dem Büffet – so sind europaweit die Gaststätten eingerichtet, in Stadt und Land, im Gebirge und am Meer. Daß es auch beim Heurigen schon so aussieht, ist wohl unvermeidlich. Trotzdem schade.

Einen Garten hat der Fritsch-Wanderer auch, wo heitere, junge Birken den Sommer akzentuieren, und es ist zu vermuten, daß sich bei schönem Wetter die fröhliche Bierkellerstimmung auch draußen ausbreiten wird.

GERHARD KLAGER

75

Stammersdorf
21, Stammersdorfer Straße 14
Tel. 292 41 07

Jeden zweiten Monat geöffnet
und manchmal auch dazwischen

WEIN	AMBIENTE
***	****
BÜFFET	**GARTEN**
**	**

Die Wahrheit ist, daß der Broadway der Heurigen nicht Grinzing heißt, sondern sich durch Stammersdorf zieht. In der Stammersdorfer Straße und noch mehr in der sich nordwestlich anschließenden Hagenbrunner Straße befindet sich praktisch in jedem Haus ein Heuriger. Viele sind das, was der Sportsfreund mit leuchtenden Augen als »echte« Heurige bezeichnet. Dort steht, wenn man Glück hat, ein volles Weinfaß im Keller, aus dem der Nektar der Heurigenfans gepumpt wird, nämlich ein gemischter Satz mit der Säure eines Rohrreinigers. Die brave Hauerin bietet dazu Schmalzbrote an oder einen Maiskörnersalat aus dem Eimer, was in den Augen der Aficionados das Schlaraffenland in nuce darstellt, in ihren Mägen jedoch enttäuschtes Knurren auslöst.

Die Buschenschank Klager gehört zu den zivilisierten Ausnahmen, von denen es in Stammersdorf mehr gibt als Fiaker vor dem Café Mozart.

Von der Straße aus gesehen, zeigen sie alle dem Weinbeißer ihre abweisende, geschlossene Häuserfront. Doch hinter dem großen Tor ist es meistens und unerwartet anders. Hier beim Klager beginnt sofort der Garten. Er ist nicht groß, hat aber eine schöne Bepflanzung in Form von je einer großen Linde, Platane und Birke. Dahinter tummelt sich ein halbes Dutzend Birken, so daß eine Ahnung von Worpswede aufkommt, welche aber durch eine zu moderne Fassade auf der linken Seite abgewürgt wird. Trotzdem muß es hier draußen gemütlich sein, wenn die Birkenblätter im Sommerwind rascheln und die Essigfliegen im Krügerl landen.

Doch Sommer ist selten, also gehen wir ins Haus. Es ist erst kürzlich renoviert worden, und zwar nicht zaghaft. Überall glänzt frisches Holz, gestriegelt und versiegelt, frisch poliert und frisch lackiert. Die Tische stehen in bequemen Nischen, durch üppiges Schmiedeeisen getrennt; an den Wänden Jute, an der Rückwand bunte Ziegel. Im vorderen Teil links neben dem Büffet hängen Kaffeewärmer-Lampen unter gewaltigen Deckenbalken, modische Landhausvorhänge geben den Topfpflanzen auf den Fensterbänken Rückendeckung. Den Höhepunkt innenarchitektonischer Kreativität bilden runde, verschieden lange Baumstämme unter der Decke am Eingang: Hier hat man nicht geknausert, weder mit dem Holz noch mit dem Bemühen, das rustikale Ambiente hollywoodreif zu gestalten. Dennoch ist es nicht ungemütlich.

Eine weitere Üppigkeit verspricht die Weinkarte. Nicht nur die Auswahl beweist es, auch die bei jedem

Am Broadway der Heurigen in Stammersdorf liegt diese Buschenschank.

Wein aufgeführten Analysedaten zeugen von gastronomischem Ehrgeiz. Ob Veltliner, Sauvignon blanc, Weißburgunder, Rheinriesling oder Chardonnay, sie alle (viele davon gehören zur Vienna Classic) sind gekennzeichnet, so daß wir zu den Fleischgerichten die trockenen Sorten wählen konnten, wohingegen wir zur Mehlspeise den Riesling mit 13,2 Gramm Restzucker, den Weißburgunder mit 8,7 Gramm und einen Chardonnay mit 9 Gramm bestellen konnten. Darunter darf man sich keineswegs wirklich süße Weine vorstellen. Bei einer durchschnittlichen Säure von 7 bis 8 Gramm pro Liter ist diese lediglich abgemildert. Zum Apfelstrudel (nicht hausgemacht) getrunken, war ihnen vom Restzucker nichts mehr anzumerken. Sie alle, auch die trockeneren Verwandten, sind charakteristisch, sauber und süffig. Lediglich eine leichte (10,5 Prozent Alkohol) und knochentrockene (1,4 g Restzucker), Rivée genannte Cuvée aus Riesling und Veltliner litt unter Korkgeschmack und ist die Ursache dafür, daß die Weine von Klager hier nicht mit der Höchstnote bewertet werden. Immerhin werden sie alle aus der Bouteille ausgeschenkt. Der Grüne Veltliner war bereits ausgetrunken.

Die Küche empfiehlt sich wegen der Brathühner, die sich am Spieß drehen und deshalb saftig und frisch auf den Teller kommen. Auch Enten und Gänse kann man hier essen, wenn man sie vorbestellt. Die anderen Produkte aus der Küche hatten gerade das notwendige Maß an Zuneigung mitbekommen, was Voraussetzung ihrer Eßbarkeit ist; viel mehr läßt sich über die Schweineschulter, die gebackenen Hühnerkeulen, die Erdäpfel-, Lauch- und Selleriesalate nicht sagen.

REINBACHER

68

Stammersdorf
21, Herrenholzgasse 38
Tel. 292 75 09

Jeden zweiten Monat geöffnet,
Fr Ruhetag

WEIN	AMBIENTE
****	***
BÜFFET	GARTEN
*	*

Der Reinbacher ist ein Nachbarschaftstreffpunkt, ...

Von der Brünner Straße aus gesehen ist dies der nächstliegende Heurige in der langen Reihe der vielversprechenden Adressen in der Stammersdorfer Straße und Herrenholzgasse. Den Reinbacher erreicht man von der Straßenbahn-Endstation ohne Atemnot in wenigen Minuten und ist somit sofort schluckbereit. Das ist gut so. Denn der Reiz dieses kleinen Heurigen besteht in der großen Menge, die man von seinen Weinen trinken möchte. Sie sind allesamt hoch zu loben. An erster Stelle der Weißburgunder, der so rassig und so harmonisch ist, daß sogar die Rieslingfreundin an unserem Tisch die Sorte nur ungern wechselte. Doch der Rheinriesling hat sie versöhnt. Er zeichnete sich durch eine gebremste Säure und ein zurückhaltendes Bukett aus, hat aber die anderen typischen Eigenschaften eines Rieslings dafür nicht in Zahlung geben müssen. Auffällig neben der Süffigkeit der Weine von Reinbacher ist ihre Sauberkeit und die Balance, mit der sie sich auf der Zunge einschmeicheln.

Der Grüne Veltliner im offenen Ausschank ist genau der nette Bursche, von dem wir eine harmlose Fröhlichkeit erwarten, doch hat er jenes Mehr an Charakter, das ihn von den üblichen Spaßmachern unterscheidet. Neuburger und Frühroter Veltliner versuchen nicht ohne Erfolg, mit der Beliebtheit ihrer Nachbarn mitzuhalten. Da alle Weine (den hauseigenen Traminer konnten wir nicht probieren, da er ausgetrunken war) von großer Sorgfalt bei der Vinifikation zeugen und keiner eine entscheidende Schwäche aufwies, halte ich die hohe Bewertung für angebracht, wenn vielleicht auch bei anderen Winzern mit gleicher Punktzahl mehr Glanzlichter zu entdecken sind.

Das Angebot der Küche verfügt über keinerlei Glanz. Sie wird bewußt klein gehalten. Ein warmer Braten ohne besondere Vorzüge, die üblichen Aufstriche per Hand ver-

... wo der Hausherr jeden Stammgast mit Handschlag begrüßt.

feinert und darüber hinaus die notorischen Gurken, Maiskörner und ähnliches Eimerfutter mit dem unvermeidlichen Konserviermittelgeschmack. Mehlspeisen, die zu dem Traminer, den wir nicht zu schmecken bekamen, gut gepaßt hätten, gibt es nicht.

Das tut aber der Beliebtheit dieses Heurigen keinen Abbruch. Denn er hat eine zusätzliche Qualität, die in der Heurigen-Szene des Wiener Nordens gottlob nicht selten ist. Der Reinbacher ist ein Nachbarschaftstreffpunkt. Hier wird jeder Gast durch den Hausherrn mit Handschlag begrüßt, und untereinander kennt man sich auch. Wie so oft: ein soziales Biotop.

Mehr als siebzig Gäste finden hier keinen Platz, das schließt Busgesellschaften aus. Man sitzt in einem langen, schmalen Raum mit Mittelgang, links die Fenster zum Hof, in dem sich ein kleiner, wenig attraktiver Garten befindet, rechts haben die Bänke wenigstens eine Rückenlehne. So könnten Flugzeuge in der alten Propellerzeit ausgesehen haben, stelle ich mir vor, Holzklasse statt Business Class. Aber keine schweißnassen Hände, wenn man abhebt in den Himmel der Weinbeißer. Bei der Landung, nach dem letzten Viertel des Weißburgunders aus der Bouteille, fragt man sich, warum man nicht öfter startet nach Stammersdorf, zu den sympathischen Pisten der echten Vorstadtheurigen.

STRASSER

78

Stammersdorf
21, Stammersdorfer Straße 51
Tel. 292 42 43

Ab Jänner jeden zweiten Monat geöffnet

WEIN	AMBIENTE
***	****
BÜFFET	GARTEN
*	***

Übertriebene Rustikalität wird in den bequemen Nischen im Innern bewußt vermieden.

Schon die Biedermeier-Fassade mit ihrem hellen, zweifarbigen Anstrich hebt diesen Heurigen aus der Reihe der anderen an der Stammersdorfer Straße heraus; innen erwartet einen ein Juwel. Was die Familie Strasser aus dem dreigeteilten Gastraum gemacht hat, ist in der Heurigen-Kategorie beispiellos. Da muß, denkt man, ein Schreiner in der Familie sein, ein Handwerksmeister mit großem Ehrgeiz. Ins Auge fallen zuerst die Decken, kunstvoll gestaltete Holzflächen mit Malereien und Intarsien, wie man sie zuletzt in den Palais der Innenstadt gesehen hat. Jede Abteilung des insgesamt nicht übergroßen Schankraums hat eine andere Gestaltung, jede ist ein Meisterwerk handwerklichen Könnens. Rechts am Eingang befindet sich eine allerliebste Erkernische, die man sich für alle folgenden Besuche reservieren lassen möchte. Daneben ist das Büffet unter einer alten, schwarzen Holzpresse installiert, die einzige Konzession an die beliebte Rustikalität. Die wird bei den bequemen Nischen mit den komfortablen Bänken und angenehm breiten Tischen strikt vermieden. Daß darauf künstliche Blumen

Jede Abteilung des Schankraums hat eine andere Gestaltung.

auf Zierdeckchen stehen, ist eine Geschmacksverirrung, die man schnell übersieht. Der Fußboden besteht natürlich aus Holzdielen, die Wände sind hoch hinauf getäfelt; der hinterste Raum ist völlig mit schönem Holz ausgeschalt und gibt dadurch dem Wirtshausnippes, der in den vorderen die Simse besetzt, keine Chance sich auszubreiten. Getrennt werden die beiden Abteilungen durch einen großen Kachelofen und drei Rundbögen, die die Räumlichkeit insgesamt zur Romantik-Kulisse befördern.

Kein Wunder, daß wir dem kulinarischen Angebot mit größerer Erwartung entgegensahen als üblich. Beim Wein waren wir auch noch glücklich: Der Grüne Veltliner und der Rheinriesling erwiesen sich als süffig, reintönig und also erfreulich, so daß es der etwas unbalancierte Heurige (gemischter Satz) und das fleischige Bukett eines Rotweins schwer hatten, damit zu konkurrieren.

Das Büffet bot nur eine bescheidene Auswahl. Weder die typische Blunzen noch Huhn in irgendeiner Form waren vorrätig, auch keinerlei Mehlspeisen, und ein Schafskäse vom Naschmarkt, diese Fluchtmöglichkeit für Scheiblettenmuffel, fehlte ebenso. Manches war akzeptabel, beispielsweise die Kartoffelauflauf genannten Bratkartoffeln, aber das genügte nicht, um bei uns eine Euphorie auszulösen.

Vielleicht lag es am schlechten Wetter, denn der Garten ist geeignet, jedermanns Stimmung zu heben. Zwar eingemauert und nicht groß, sitzt man in ihm jedoch in einem veritablen Birkenwäldchen, wozu, wie jeder routinierte Weinbeißer weiß, ein Grüner Veltliner die ideale Begleitung abgibt.

OLSZEWSKI

78

Stammersdorf
21, Stammersdorfer Straße 23
Tel. 292 55 77

Geöffnet im Januar, März bis Juli, September bis November, täglich ab 15 Uhr, Mo und Di geschlossen

WEIN	AMBIENTE
***	***
BÜFFET	GARTEN
***	***

In dem behaglichen Heurigen ohne Hektik und Rummel ...

Ich hatte zu Mittag bereits etwas Wein getrunken und auch etwas gegessen, was mit Austern begann und mit einem Soufflé endete, ich hatte also, verführt durch einen begnadeten Koch, meinen Appetit in eine Situation gebracht, in der er einem durchschnittlichen Heurigen nicht mehr gewachsen gewesen wäre.

Doch jetzt sitze ich hier in Stammersdorf in diesem Heurigen und habe schon das dritte Glas Wein intus, von der Keule eines Brathendls ist nur noch ein Rest auf meinem Teller, und den Brokkoliauflauf vertilge ich in dem Bewußtsein seiner Harmlosigkeit, denn er ist ziemlich salzlos, also für meinen Blutdruck gerade das Richtige.

Fast alles hier ist für mich das Richtige. Der Wein ist es, weil er sich als sauber, kernig und derart offenherzig zu erkennen gibt, daß es mir leicht fällt, ihn in großen Schlucken zu trinken, ohne mir Gedanken über seinen Alkoholgehalt, seinen Restzucker und sonstige Kennzeichen zu machen. Große Schlucke, hat ein erfahrener Trinker einmal gesagt, sind wie große Füße; man steht damit fest auf der Erde. Also probiere ich meine Standfestigkeit am Grünen Veltliner aus, am Pinot blanc, Riesling, Chardonnay und Malvasier. Letzteres ist eine im Weinbaugebiet Wien nicht eben häufige Traubensorte. Hier bei Olszewski ist er blaßgold und trocken, mit einer schönen, herben Struktur, ohne sauer zu sein, und ich könnte mich gut an ihn gewöhnen.

Jedenfalls paßt er gut zum Backhendl, das ich nicht aufgegessen habe, obwohl es das beste war, das mir jemals in einem Heurigen vorgesetzt wurde: zart, saftig und der Bröselpanzer goldgelb, leicht knusprig und gut gewürzt. Auch die Teigtaschen, mit Spinat gefüllt oder mit Champignons oder Schinken und Käse, waren außergewöhnlich. Ich würde nicht gerade von Gesundheitskost sprechen, weil ich weiß, daß ein Arzt darunter etwas anderes versteht, aber es hat wohlgetan.

... wird auch die Seele gepflegt.

Denn hier beim Olszewski in Stammersdorf wird auch die Seele gepflegt. Indem dies nämlich ein sehr behaglicher Heuriger ist ohne Hektik und Rummel. Hinter dem Tor beginnt gleich der Garten, in dem Teiche und Bänke kleine Gruppen bilden, um die herum genug Platz ist, um die Kinder anzupflocken, welche sich in diesem familienfreundlichen Heurigen auf ihre Rolle als künftige Stammgäste vorbereiten.

Das Gasthaus selbst ist langgestreckt und flach und läßt schon von außen erkennen, daß die Schankräume, es sind drei, nicht allzu groß sind – eine weitere Bedingung für einen nervenschonenden Aufenthalt. Am Eingang, links neben dem Büffet, befindet sich ein kleines Speisezimmer mit einem großen Bild des k. u. k. Adlers an der Wand. Rehe schmücken in Form von Geweihen die Wände der anderen Stuben; der Hausherr ist Jäger. Diese Tatsache ermöglicht es den Stammgästen, nach Vorbestellung auch Wildgerichte zu essen.

STEINER

78

Stammersdorf
21, Herrenholzgasse 42
Tel. 292 12 05

Ganzjährig Mi bis So mittag geöffnet

WEIN	AMBIENTE
***	**
BÜFFET	GARTEN
**	**

Das Fragezeichen hinter der Büffetnote bedeutet, daß der Sportsfreund und ich ausgerechnet an einem der zwei Tage im Jahr hier einfielen, als es in ganz Wien nichts als Fisch zu essen gab. Heringsschmaus wird das genannt, und der ereignet sich unerbittlich immer am Ende des Faschings, von dessen Anfang und Mitte man normalerweise in Wien wenig mitkriegt. Also keine Stelzen, keinen Kümmelbraten und überhaupt nichts von vierbeinigen Tieren. Wo sonst die Schinkenfleckerl und das Blunzengröstel sich breitmachen, wo der faschierte Braten für einen ordnungsgemäßen Durst sorgt und das Backhendl die Nationalhymne ersetzt, da findet in diesen Tagen eine fast hanseatische Invasion statt: Hering über alles.

Nicht daß gegen einen sauren Hering etwas einzuwenden wäre, solange man dazu ein Bier trinken kann. Gegen die anderen Fischgerichte in Wiener Heurigen darf Einspruch erhoben werden. Denn sie sind mehr oder weniger alle mit dicker Mayonnaise bedeckt, welche zur Unterscheidung mit verschiedenfarbigen Trockenkräutern kosmetisiert werden. Manchmal ist der Fischbestandteil unter der Schicht von cremiger Substanz kaum noch auszumachen, und wo es sich nicht um eine kalte Speise handelt, sondern um einen Auflauf von Kraut und Lachsforellenfilets oder eingebröselte und ausgebackene Fischfilets, da sollte man sich an das (leicht variierte) Wort von Dr. Johnson erinnern: »Wenn ein Heurigenwirt Fisch kocht, ist das, wie wenn ein Hund auf zwei Beinen läuft. Beide können es nicht besonders gut, aber man wundert sich, daß sie es überhaupt können.«

Soviel über die Faschingsküche. Bei Steiner lagen sogar Austern und drei erschöpfte Hummern im Büffet und, ganz im Sinne dieses Fastentages, ein erstklassiger Topfenstrudel. Daß wir über die aquarischen Extravaganzen leichtherzig hinweggingen, hatte auch mit den Weinen zu tun. Welcher Wein paßt denn zu einem sauren Hering à la Bismarck? Es paßt dazu wunderbar ein oxydativ ausgebauter Weißburgunder, trockene Auslese, wie er hier produziert wird. So ein Wein schmeckt wegen seiner Kinderstube im offenen Faß wie ein Sherry, ist nur etwas leichter im Alkohol und dezenter im Aroma. Nach meiner Meinung ohnehin eine sträflich vernachlässigte Geschmacksrichtung, die auch bei normaler Kost wie Blunzen ideal wäre und sogar dem Liptauer eine Existenzberechtigung verschaffen könnte. Hier bei Steiner kann man diese Erfahrung machen und sein Weinbeißerleben bereichern.

Eine gründliche Beschäftigung mit den Weinen des Steiner ist in jedem Fall lohnend.

Gelungen waren aber auch alle anderen Weine, an erster Stelle die normalen Weißburgunder, sowohl als Kabinett wie auch als trockene Spätlese ausgeschenkt (selbstverständlich glasweise, in guten Gläsern), der typische und standfeste Neuburger, ein sehr feiner, fast fragiler Muscat ohne jegliche Penetranz und, nicht überraschend, sogar der Altwein vom gemischten Satz, dem das relative Altern sehr gut bekam. Rieslinge gibt es nicht.

Zwei hauseigene Rotweine (den dritten, aus burgenländischer Herkunft, ließen wir aus) waren anständig, mehr nicht. Überragend aber dann zum Topfenstrudel die Ruländer Auslese mit gebremster Süße, während die honigsüße Trockenbeeren Auslese derselben Traubensorte etwas krautig war und, wie es der Sportsfreund ausdrückte, als durstlöschende Maßnahme nur kontraproduktiv wirkte.

Die gründliche Beschäftigung mit den Weinen von Steiner ist in jedem Fall lohnend, da die anderen Seiten dieses Heurigen, das Ambiente, der Schank und der Garten, kaum erwähnenswert sind. Der Garten ist teilweise mit Wein überrankt, was im Hochsommer dem Glatzkopf gefällt, und verfügt im hinteren Teil über einen Kinderspielplatz, was zur Disziplinierung des Nachwuchses beiträgt. Oder ihn aufwiegelt.

Innen geht es knapp und sachlich zu, und da die beiden Schankräume klein sind, wird es oft eng. Vor allem wenn die Stammgäste zur gleichen Zeit kommen. Freitags wird Musik gemacht, dann kommen sie alle und sitzen immer am selben Tisch. Diesmal waren sie, obwohl Mittwoch, wegen des Heringsschmauses da. Der Fasching läßt auch in Wien keinen ungeschoren.

SCHMIDT

73

Stammersdorf
21, Stammersdorfer Straße 105
Tel. 292 66 88

Von Do bis So geöffnet

WEIN	AMBIENTE
***	****
BÜFFET	GARTEN
****	***

Im Ambiente moderner Verschönerung beeindruckt die Küche, der alles auf Anhieb gelingt.

Der Schmidtsche Heurige fällt zwischen den anderen Heurigen im Heurigen-Dreieck von Stammersdorf nur auf, weil er rosa ist. Ansonsten das gleiche niedrige Biedermeier-Haus wie rechts und links und gegenüber und der gleiche Parkplatzmangel, jedenfalls an den Wochenenden. Der Eingang ist niedlich, weil kein großes Tor, sondern eine kleine, mit Weinlaub überdachte Tür. Der links daneben beginnende Garten ist ebenfalls zum größten Teil überrankt und sehr gemütlich, wozu einige Bäume und eine alte Presse beitragen. Innen empfängt einen der übliche Schock durch Vollrenovierung, was sich in hellen Hölzern, in Scheunenkulissen und dekorativen Faßböden (an den Wänden) ausdrückt. Stallaternen, Hirschgeweihe, eine zweite alte Presse (als Raumteiler) sowie die üblichen Strohblumen und Blattpflanzen sind weitere Attribute moderner Verschönerung. Das kennt man, damit rechnet man, wenn man einen Heurigen betritt, und so geht man auch beim Anblick der Farbglasfenster mit ihren Butzen-Imitationen nicht gleich zu Boden.

Links neben dem kleinen weinlaubüberrankten Eingang beginnt der Garten.

Wenn das auch der Heurige (gemischter Satz) nicht schafft und auch nicht die sauberen Bouteillenweine wie der Grüne Veltliner, der Sauvignon und der Chardonnay, dann darf man sich einen ausgepichten Weinbeißer nennen. Denn diese Weine zeichnen sich durch eine erbarmungslose Säure aus. Dabei haben sie durchaus Qualitäten, sind süffig und weder farb- noch charakterlos. Aber früh gelesen und konsequent durchgegoren sind es mehr Kampf- als Schmatzweine, mit denen man sich von den Blunzen bis zum Surbraten die Kalorien vom Leib hält.

Doch da ist noch der Rheinriesling. Ihm hat der Winzer ein Quantum Restzucker gelassen (um die 8 Gramm/Liter, wenn ich nicht irre), und das bewirkt die schmatzige Harmonie, die den anderen abgeht. Zu berücksichtigen ist noch ein Cabernet Sauvignon von herrlicher Fruchtigkeit, der nicht einmal die übliche Barrique-Kindheit hat durchmachen müssen und dennoch gut gelungen ist.

Der Küche gelingt auf Anhieb alles. Um die Weihnachtszeit liegen hier gebratene Gänse bereit, im Sommer auch schon mal ein Cordon bleu von der Pute. Der Sportsfreund hat lediglich den Erdäpfelsalat als zu wässerig stehen gelassen, was niemanden wundert, der seine Trinkgewohnheiten kennt. Er saß nämlich neben den sorgsam aufgebauten Schnäpsen, die hier aus allen Rebsorten gebrannt und destilliert werden und eine Spezialität des Hauses sind. Um deren verdauungsfördernde Eigenschaften unter Beweis zu stellen, hat er noch je einen Topfenstrudel und einen Ölkuchen verdrückt, und da beide köstlich waren, konnte ich keinen Einspruch erheben.

LEOPOLD KLAGER

80

Stammersdorf
21, Stammersdorfer Straße 18
Tel. 292 13 56

Alle geraden Monate geöffnet

WEIN	AMBIENTE
****	**
BÜFFET	GARTEN
***	***

An der Fassade des Hauses steht gut sichtbar und nachts beleuchtet: »Weinhof Leopold«. Das ist etwas verwirrend, aber zur Unterscheidung von dem anderen Klager gedacht, der nur zwei Häuser weiter residiert. Der Weinbeißer sollte jedenfalls nicht zögern, sein Glück in der Hausnummer 18 zu versuchen. Dafür gibt es zwei gute Gründe, nämlich die Qualität der Weine und die des Gartens. Letzterer ist nicht allzu groß und wie meistens nur ein Innenhof, aber in ihm stehen hübsche Birken, und es gibt eine größere Nische an der linken Seite, wodurch die simple rechteckige Aufteilung unterbrochen wird, die so typisch für die flachen Hofgärten an der Stammersdorfer Straße ist.

Im Inneren ist irgendeine Art von Raumaufteilung nicht möglich, weil es hier schmal und lang zugeht, mit den gleich großen, hintereinander in zwei Reihen aufgestellten Tischen und Bänken, die wie bei vielen Heurigen den Charme alter Eisenbahnwagen, Typ Holzklasse, wiederaufleben lassen.

Antike Bodenbretter und nachgedunkelte Holzarbeiten an den Wänden bergen die Gefahr, es könnte sich auch hier bald der Erneuerungsdrang austoben und das, was gerade dabei ist, Patina anzusetzen, durch eine Totalrenovierung zu zerstören. Es wäre schade, nicht nur wegen der Lampen unter der Decke, aus denen grüne Pflanzen ranken.

Nicht einmal der Küche wünscht man eine neue Technik und die Segungen der Automatik, obwohl sie keineswegs perfekt ist. Gekochte Stelzen sind hier eine Spezialität, kräftiges Würzen ist es nicht. Backhendls brauner Panierpanzer war eine kugelsichere Weste, aber offenbar nicht wasserdicht, denn Hühnchens Saft war verflogen. Vom Schwein gibt es vieles zu berichten, wie es dort im

Das Innere läßt den Charme alter Eisenbahnwagen, Typ Holzklasse, wiederaufleben.

Wärmefach des Büffets ausgestellt ist, die Rippchen, der gebratene Bauchspeck, die Blunzen, das Laberl und der Gselchte Braten; vom kleingeschnittenen Schinken in den Fleckerln, von den Grammeln im Schmalz. Alles ist vorhanden, und alles läßt sich klaglos essen, ohne daß deshalb Entzückensschreie laut würden. Beim Topfenstrudel waren sie berechtigt. Die Füllung war unorthodox mit Früchten angereichert, und das schmeckte uns allen ausgezeichnet. Leider erstickte der viel zu dicke Teig unsere entsprechenden Verlautbarungen.

Die entlockte uns der Wein dann mühelos. Vom Heurigen abgesehen, der wenig interessant war, alles Treffer! Herrlich die beiden Grünen Veltliner, der vom Schank und der aus der Bouteille, unverkennbar die guten alten Landstreicher, die ein richtiger Weinbeißer in sein Herz schließen muß, weil sie nicht gewaschen und gebügelt auftreten. Dem Riesling wiederum ist ein feineres Kostüm angemessen, und das hat er hier ganz eindeutig, ebenfalls in beiden Versionen. Sogar der Grüne Silvaner, im Prinzip anspruchslos und selten angebaut, bekommt beim Leopold Klager eine ansehnliche Statur, mit der er sich sehen und trinken lassen kann.

Einige Sorten waren bereits ausgetrunken, aber vom Zweigelt erwischten wir noch ein Viertel, und auch das war ehrenhaft gelungen, was bei diesem blumigen Rotwein ja nicht selbstverständlich ist.

MANTLER

62

Sievering
19, Sieveringer Straße 269
Tel. 440 22 43

Alle geraden Monate geöffnet,
täglich ab 15 Uhr,
So und an Feiertagen ab 14 Uhr

WEIN	AMBIENTE
**	*
BÜFFET	GARTEN
**	****

Das Büffet bietet das übliche Angebot in der Sparversion, ...

Hier oben, wo die Sieveringer Straße endet, beginnt der Wienerwald. Die Sieveringer Straße ist eine schöne, ansteigende Straße. Unten, wo sie breiter ist, stehen imposante Wohnhäuser und Villen aus der guten alten Zeit, als es noch keine Kippfenster gab. Hier, an ihrem Ende, verengt sich das Tal; die Bäume stehen hoch und nahe, die Häuser sind bescheiden. Oder neu.

Es gibt Heurige, stelle ich mir vor, die sind ungeheuer beliebt, weil sie einen schönen Garten haben. Also sind sie bei schönem Wetter, wenn man draußen sitzen kann, sehr gut besucht. Regnet es jedoch, muß man hineingehen. Und das ist dann nicht so schön. Vielleicht sind sie trotzdem gut besucht; Stammgäste sind bekanntlich so leicht durch nichts zu vertreiben. Da kann es aussehen wie in einer Autobahnraststätte oder wie in einer Sägewerkskantine – sie lieben es. Mir fällt es schwer, in den kleinen Räumen von Mantler die Ruhe zu finden, die beim Heurigen Bedingung ist für zwei kontemplative Stunden, die der Seele gewidmet sind und nicht dem Adrenalinausstoß. Das liegt nicht an toten Eulen und anderen Jagdopfern, die hier an den Wänden hängen. Die nackten Wände sind schlimmer.

Zwei Stunden sind, nach Meinung aller Experten, viel zu wenig. Der Weinbeißer braucht länger, bis sein Durst gestillt ist. Zugegebenermaßen vergeht im Garten eines Heurigen die Zeit rasend schnell, wenn die Sonne scheint und der Heurige trinkbar ist. Wie hier.

Der Garten geht bergab. Die Tische und Bänke sind in verschiedene Sektionen verteilt, manche sind gelb gestrichen, manche aus rohem Holz, einige haben Lehnen, und ein paar Stühle um runde Tische herum gibt es auch. Also nicht die ausgerichtete Ordnung der Straßenfeste. Statt dessen stellen die Sitzgruppen so etwas wie die verschiedenen Stuben da, die man im Inneren der Heurigen erwartet. Alle aber befinden sich unter Apfelbäumen. Und was für Apfelbäume! Dicht mit roten, gelben und grünen

... doch im Garten sitzt man unter Apfelbäumen wie in einer Datscha.

Früchten behängt, gleichen sie aufs Haar jenen Apfelbäumen in den Träumen der Kinder. Es gibt auch eine Birke im Garten, sie steht vor einer Holzbaracke. Den Kenner verfilmter Literatur erinnert sie unweigerlich an Doktor Schiwago. Dieser Heurige ist wie eine Datscha. Der Sportsfreund interessiert sich für Doktor Schiwago nur so lange, bis er erfährt, daß es kein Leberspezialist ist. Um so intensiver widmet er sich dem Weißburgunder. Es ist ein sehr frischer und ebenso feiner Vertreter seiner Sorte, typisch und zweifellos ein Labsal für belastete Seelen. Auch der alte Satz, worunter man den gemischten Satz vom Vorjahr zu verstehen hat, besitzt erfreuliche Eigenschaften, da es allgemein als erfreulich gilt, die Alltagsmisere vergessen zu machen. Der hauseigene Riesling schafft das nicht ganz, der dumpfe Silvaner überhaupt nicht.

Am Büffet findet sich das übliche Angebot in der Sparversion. Das heißt, die Salate werden direkt aus den großen Blecheimern der Hersteller in die Schüsseln gewuchtet, und das Fleisch existiert in der beliebten Form von Braten, Backhendl, Zunge, Laiberl und Schnitzel. Ich hatte das seltene Glück, ein großes Wiener Schnitzel frisch aus der Küche ohne Umweg über die Wärmetheke abzufangen. Doch das sind Sternstunden, mit denen nicht jeder Sterbliche rechnen kann.

Aber auch die naturreine Möglichkeit, am unteren Ende des kleinen Gartens durch ein Tor die Expedition in den Wienerwald zu beginnen, bietet Trost.

HASLINGER

85

Sievering
19, Agnesgasse 3
Tel. 440 13 47

Zweite Julihälfte und Mo geschlossen

WEIN	AMBIENTE
***	****
BÜFFET	GARTEN
****	**

Freundliche Bedienung, vorzügliche Hausmannskost und süffige Weine sind das Besondere bei der Familie Haslinger.

Der Hof, den man zuerst betritt, ist auch der Garten, und er ist nicht groß und nicht spektakulär. Klettert man aber an seinem Ende eine Treppe hinauf, landet man auf einer Dachterrasse, wo man auch sitzen und trinken kann und dabei zusätzlich einen Ausblick auf andere Dächer hat, ein Stückchen Natur inbegriffen. Doch das Besondere bei der Familie Haslinger spielt sich in den vier Wänden ab, in den beiden Gaststuben. Sie sind frisch renoviert worden, wodurch im vorderen Raum eine sehr gemütliche Schank entstanden ist mit großen Tischen, komfortablen Bänken und einem schönen Parkettboden. Der zweite, fünf Stufen höher liegende Raum bemüht sich durch eindrucksvolle, dunkle Holzarbeiten und aufwendige Lampen so etwas wie ein Restaurant zu sein. Dieser Eindruck entsteht beim Haslinger auch durch die eindrucksvolle Freundlichkeit, mit der die Familienangehörigen ihre Gäste bedienen und, vor allem, durch die Qualität des Büffets. Da konnte nicht einmal der fabelhaft konstruierte Krautstrudel, dem es als einzigem an Würze fehlte, unsere Begeisterung mindern: Es war alles

Auf der Dachterrasse, die man über eine Treppe erreicht, ist der Ausblick auf ein Stückchen Natur inbegriffen.

von überdurchschnittlicher Vorzüglichkeit! Der Kümmelbraten so zart und wohlschmeckend wie selten, ebenfalls die Fleischlaberl und die hausgemachte Bratwurst. Hausgemacht ist sowieso fast alles, und eben sehr gut gemacht. Davon profitiert der Bratkartoffelesser ebenso wie der Liebhaber der saftigen Stelzen, und sogar den ominösen Aufstrichen, wie die angerührten weißen, gelben und rosa Pasten in ihren großen Schüsseln genannt werden, bekommt die individuelle Machart durch die Familie Haslinger bestens.

Daß uns selber das alles gut bekommen ist, liegt am Heurigen, einem gemischten Satz von herrlicher Frische und kräftiger Säure, die zusammen mit der Fruchtigkeit eine süffige Harmonie bilden. Zu ihm kehrten wir, nachdem wir die passablen Rot- und Altweine probiert hatten, entschlossen wieder zurück.

NIKISCH

78

Sievering
19, Sieveringer Straße 172
Tel. 440 13 65

April, August sowie So und an Feiertagen geschlossen

WEIN	AMBIENTE
***	***
BÜFFET	GARTEN
*	***

Im Innern herrscht pflegeleichte Rustikalität, ...

Genau in der Höhe dieses Heurigen verengt sich die Sieveringer Straße zur Gasse. Zu einer romantischen Gasse, wo man vor den biedermeierlichen Fassaden den Laternenanzünder zu sehen erwartet. Oder den lieben Augustin, dem die Wiener eines ihrer rührseligen Lieder gewidmet haben. Auch der kurze Gang durchs Tor, am rankenden Wein entlang, der links die Hauswand effektvoll begrünt, in Richtung Garten, der sich hinten rechts in Terrassen den Hang hinauf erstreckt, weckt hohe Erwartungen.

Die brutal moderne Haustür erinnert jedoch daran, daß die Romantik heutzutage nur noch kleine Nischen besetzt. Auch innen ist alles ziemlich neu, hier herrscht jene pflegeleichte Rustikalität, die zum Heurigen-Stil unserer Zeit geworden ist: viel Holz, viel Schmiedeeisen, robuste Bänke und Tische, Jagdtrophäen an den Wänden, Linoleumplatten am Boden. Direkt hinter der Eingangstür empfängt den Gast ein großes Büffet, gut ausgeleuchtet und mit einer appetitlichen Präsentation all der Dinge, die ein Heurigen-Büffet haben sollte. Das Auge, das ja auch in der Buschenschank mitessen will, kommt hier sofort auf seine Kosten; die Zunge erst nach langem Suchen. Bei unserem Besuch war es schließlich der faschierte Braten, der so schmeckte, wie er sollte, nämlich frisch, saftig, locker und gut gewürzt. Der traditionelle Kümmelbraten war nur das letztere, die Krautfleckerl waren nicht einmal das: Bei ihnen hatte jemand wohl Salz und Zucker verwechselt. Blunze und Erdäpfelgröstl mochten bei ihrer Geburt eine strahlende Zukunft vor sich gehabt haben, wir lernten sie jedoch erst kennen, als die schon vorbei war. Nicht erwähnenswert (wie meistens) die Salate von Bohnen, Maiskörnern, Karfiol, Paprika und dergleichen, weil die Wässerchen, in denen sie liegen, entweder zu süß oder zu sauer sind und die Zusätze durchschmecken. Doch das ist fast überall der Fall, weil sich ein Familien-

... doch die Weine sind sauber und von angenehmer Eigenart.

BRIE

Das Büffet präsentiert, gut ausgeleuchtet, alles, was ein Heurigen-Büffet haben sollte.

betrieb schwerlich die Mühe machen kann, alles selbst herzustellen. Beim Topfenstrudel haben sie es gewagt, und das Ergebnis bewirkte die magere Beurteilung dieses Büffets.

Doch kommen wir zum Positiven! Die Weinauswahl ist zwar nicht groß, gerade mal ein Heuriger und ein Altwein (beide gemischter Satz) sowie ein Rheinriesling aus der Bouteille. Aber alle sauber und mit angenehmer Eigenart ausgestattet, die beim Heurigen in einer wunderbar leichten Fruchtigkeit und beim Altwein in seiner erdigen Stabilität besteht, während der Riesling sich erfolgreich bemüht, seine Sortenreinheit auch zu beweisen. Schließlich ist auch ein Rotwein (Sankt Laurent und Zweigelt) zu empfehlen.

Ebenfalls erfreulich ist die freundliche Bedienung und das bei aller polierten Modernität nicht unangenehme Ambiente. Die fehlende Patina wird sich im Laufe der Zeit schon einstellen, und dann dürfte es beim Nikisch ganz gemütlich sein. Die drei Stuben sind ums Eck herum angelegt, haben also nicht die saalartige Anordnung, welche Busgesellschaften anzieht. Ein grüner Kachelofen sorgt in der kalten Jahreszeit für zusätzliche Kuschelwärme, und im ersten Raum am Eingang, vor dem Büffet, stehen Stühle um große Tische. Dort spielen Stammgäste aus der Nachbarschaft Karten, während der waidmännische Wandschmuck über ihren Köpfen dem Echo der letzten Treibjagd nachlauscht.

SONNBERGHAUS

58

Perchtoldsdorf
Sonnbergstraße 22
Tel. 869 81 81

Ganzjährig geöffnet, täglich ab 16 Uhr,
So und an Feiertagen ab 11 Uhr

WEIN	AMBIENTE
**	***
BÜFFET	**GARTEN**
**	**

Trotz gutbürgerlicher Restaurantatmosphäre ...

Perchtoldsdorf hat mit Wien nichts zu tun. Sagen die Perchtoldsdorfer. Weil sie ihren eigenen Stephansdom hätten. Tatsächlich ist die Dorfkirche groß, stattlich und schön. Und auch sonst macht der Ort keinen dörflichen Eindruck; es ist unwahrscheinlich, daß die Rebhänge bis an die Rückseite der Heurigen reichen. Das Sonnberghaus jedenfalls liegt in einer gutbürgerlichen Wohngegend und macht von außen den Eindruck eines Restaurants.

Zwar gibt es im Garten eine Pergola und die typischen Heurigentische. Aber der Garten wirkt wie die Kulisse eines Provinztheaters für ein Stück namens ›Heurigen‹. Und eine Speisekarte gibt es auch. Darauf stehen Wörter, die ich lange nicht mehr gelesen habe: frisch aus der Pfanne, gebackener Zander, Zander natur gebraten, Scampis gegrillt, Kaiserschmarren und sonstige Dinge, die sich nur à la minute herstellen lassen. Diese Karte liegt neben den Kerzenständern auf den Tischen. Doch wie ich beobachte, wird sie nirgendwo benutzt. Die Weinbeißer gehen wie gewohnt zum Büffet und holen sich dort ihre Schmankerl. Die sind nun wirklich nicht frisch aus der Pfanne, und darunter leiden sie wie wir. Alles ist lauwarm. Dabei ist es erst 19 Uhr, der Hochbetrieb hat noch nicht eingesetzt. Aber ein ungenügend gewürztes Paprikagulasch ist mit 36 Grad Körpertemperatur bestenfalls fieberfrei, diverse Aufläufe, Schinkenfleckerl und Käseschinkenstrudel haben beim Warten ihren großen Béchamelanteil ausgeschwitzt und sich in zäh-klebrige Lava verwandelt, während ihre käsige Oberfläche verharscht ist. Vielleicht haben sie hier um 17 Uhr einen Bus mit Touristen erwartet, der von enervierten Nachbarn in die falsche Richtung geschickt wurde, vielleicht gehen die Uhren anders im Sonnberghaus.

Um so größer ist unser Entzücken bei den Mehlspeisen. Topfentorte, Apfelstrudel und Marillenhefegebäck sind von einer Qualität, wie man sie nur bei bekannten

... holen sich die Weinbeißer selbst am Büffet ihre Schmankerl.

Konditoren findet. Ich bedauere, den Kaiserschmarren von der Speisekarte nicht bestellt zu haben.

Insgesamt bedauerlich ist der Wein. Ein blecherner Traminer enttäuschte ebenso wie ein muffiger Welschriesling, das schwache Bukett eines Rheinrieslings kam nicht gegen den alles durchdringenden Fettgeruch an, der unvermeidliche Chardonnay ist indiskutabel. Wie so oft diente uns der Grüne Veltliner als Retter in der Not. Es gibt im Sonnberghaus allerdings eine andere Möglichkeit, den quälenden Durst mit Würde zu stillen. Auf der Speisekarte werden nämlich Flaschenweine angeboten – aus der Wachau und Donau-Kamptal. Damit ist zwar endgültig bewiesen, daß es sich hier nicht um einen echten Heurigen handelt, aber ein Weinbeißer-Treffpunkt ist es trotzdem, und es sieht auch so aus. Die Holztäfelung ist frisch und hell (»Eine Kreuzung aus Sauna und Skihütte«, meckert mein Begleiter, dem der unbefriedigende Wein die Stimmung verdorben hat), auf dem Boden liegen Fleckerlteppiche, und auf Bänken und Stühlen sorgen Polster für etwas Bequemlichkeit, was dem Weinbeißer endgültig bestätigt, daß dies hier kein echter Heuriger ist. Es wurde dann noch sehr voll im Sonnberghaus. Paare, Passanten und Familien fielen übers lauwarme Büffet her, gluckerten sich den Heurigen hinter die Binde und lärmten wie die Türken vor Wien. Was soll daran nicht echt sein?

BARBACH

86

Perchtoldsdorf
Rudolfgasse 8
Tel. 869 83 78

Unregelmäßige Öffnungszeiten,
telefonisch erfragen

WEIN	AMBIENTE
****	****
BÜFFET	GARTEN
***	***

Ein Familienbetrieb, wie es sich geziemt: Die Weine sind sauber und süffig, und was aus der Küche kommt, ist hausgemacht.

Perchtoldsdorf hat nicht nur eine schöne Kirche, es ist auch eine schöne Wohngegend, in der schöne Menschen wohnen. Davon versammeln sich täglich zweihundert beim Barbach. Mehr passen nicht in die Gaststuben oder in den Garten. Dieser befindet sich vor dem Eingang, ist nicht sehr groß und enthält ein paar Schatten spendende Bäume. Die Schankräume sind auch nicht sehr groß; es sind mehrere, und sie sind verwinkelt und durch einige Stufen von einander getrennt. Abgesehen von der Fülle, die hier ständig herrscht, und der entsprechenden Lautstärke durch die palavernden Gäste fällt die sparsame Dekoration auf. Balkendecken und Holzschnitzereien, ja: aber keine Strohblumen und kein Folkloretrödel. Bilder an den Wänden, gewiß; aber sie sind eher modern zu nennen als zutraulich.

So empfiehlt sich dieser Heurige als ebenso gediegene Gaststätte, wie seine Stammgäste gediegene Bürger sind. Das Wort volkstümlich, für einen Heurigen eigentlich ein Pflichtteil, will einem hier nicht über die Lippen. Dabei ist dies ein richtiger Familienbetrieb, wie es sich geziemt.

Beim Barbach ist der Wein gut und die Bedienung freundlich.

Und was die Familie Barbach auf den Tisch bringt, ist erstklassig.

Die Weine sind alle gut. Der Weißburgunder, ob jung oder einjährig, an erster Stelle. Ebenfalls der Rheinriesling, gefolgt von seinem Vetter, dem Welschriesling, der Grüne Veltliner ist mehr als achtbar, und sogar der Chardonnay, obwohl kaum sortentypisch, hat mehr zu bieten als eine schlanke Säure. Ob offen oder aus der Bouteille, was die Weinbeißer hier verkasematuckeln ist allemal sauber und süffig.

Auch vom Büffet läßt sich eigentlich nur Gutes berichten, vor allem ist alles, was aus der Küche kommt, hausgemacht. Doch neben absoluten Höhepunkten (die elegant gewürzte Blunzen, das kräftige Sauerkraut, der köstliche Rohschinken, der originelle Grammelkuchen) gab es auch weniger Gelungenes (der Gemüseauflauf à la Wochenübersicht, der harte Kümmelbraten, die trockenen Hühnerlebern in zu dunkler Panier). Aber das Backwerk stammt von einem erstklassigen Bäcker, die Bratwürste von einem guten Metzger, und überhaupt scheint mir eher der hier ständig herrschende Hochbetrieb für die kleinen Schwächen der Küche verantwortlich zu sein als mangelndes Bemühen.

Den Perchtoldsdorfern muß man bescheinigen, daß sie mit diesem Heurigen eine Attraktion in ihren Mauern haben, die neben der schönen Kirche keine schlechte Figur macht. Der Fremde muß sich allerdings durchfragen; leicht zu finden ist das Haus der Familie Barbach nicht.

KAS NIGL

84

Perchtoldsdorf
Elisabethstraße 10
Tel. 869 83 76

Unregelmäßige Öffnungszeiten,
telefonisch erfragen

WEIN	AMBIENTE
***	****
BÜFFET	**GARTEN**
****	**

Ein lohnendes Ziel für Wanderer: die Einkehr beim Kas Niggl.

Am frühen Samstagnachmittag, der Himmel war blau, die Sonne noch nicht heiß, bemerkten wir auffällig viele Familien mit dem für Wanderer typischen in die Ferne gerichteten Suchblick, welche alle demselben Ziel zustrebten, dem Heurigen Nigl. (Das *Kas* vor seinem Namen ist zur Unterscheidung zu anderen Nigls entstanden und hatte dereinst auf die hier zu erwartenden Käsespezialitäten dieses Heurigen verwiesen.) Das Wandern, belehrte mich der Pfadfinder, sei nur ein Vorwand. Das Ziel sei der Heurige, nur seinetwegen verlasse ein Wiener seine schützenden vier Wände.

Um es gleich zu sagen: Dies ist ein lohnendes Ziel! Was die Wanderer natürlich schon wußten, die nun, am Ziel angekommen, ein quirlendes, unruhiges Leben in die Bude bringen. Jeder Tisch besetzt, vor dem Büffet eine lange Schlange. Manchen sieht man an, daß sie nicht sehr weit gewandert sind, fünfzehn Minuten schätze ich, so lange dauert ein Spaziergang von den Villen Perchtoldsdorfs bis hierher in die Elisabethstraße.

Für den Garten ist es noch zu kühl, deshalb werden die vier Terrassen nicht benutzt, die am Eingang vorbei durch eine Treppe zu erreichen sind. Sie sind klein; von der obersten hat man einen Ausblick auf den gegenüberliegenden Hochberg.

Auch die Innenräume sind nicht groß, daher sehr gemütlich, was durch mehrere Nischen und Ecken unterstrichen wird. Das Holz ist hell, der Boden besteht aus breiten, unbehandelten Dielen, und die üblichen Dekorationen zwischen und unter den dunklen Balken über den Gästen sind ungefährlich. Es geht ein bißchen eng zu zwischen Tisch und Bänken, und im Gedränge vor dem Büffet befindet sich jemand, der mit voll beladenem Tablett an seinen Tisch will, in ständiger Kollisionsgefahr. Was er dort ablädt, kann sich sehen lassen. Es ist alles

Das Büffet kann sich sehen lassen, besonders die Mehlspeisen sind kleine Meisterwerke.

höchst appetitlich zubereitet, die tadellosen Kraut- und Blunzenstrudel, die butterzarte Kalbszunge, die saftigen Hendln vom Grill oder die gebackenen in ihrem Bröselpanzer; der Erdäpfelsalat, die Schinkenfleckerl, das Krenfleisch in der Brühe und sogar die vielen kalten Schmankerl sind hier beim Kas Nigl so gut, wie sie sein können, wenn sie sorgfältig zubereitet werden. Wieder einmal war unsere vernaschte Runde besonders entzückt von den Mehlspeisen. Erstens kamen sie frisch aus dem Ofen, und zweitens waren es kleine Meisterwerke, die süßen Strudel und Nußkipferl. Bei so auffälliger Professionalität in der Küche überrascht auch die Qualität der Weine nicht. Vor allem der Weiße Burgunder ist perfekt, nämlich frisch und sortenrein mit einem feinen Aroma. Als weiteren Gewinn verbuchte ich den Neuburger; beide Weine gibt es auch als trockene Spätlese aus der Bouteille, wo die zusätzliche Reife den Weißen Burgunder richtig veredelt; den Neuburger hingegen tranken wir lieber in der Kabinett-Version. Aber auch der Heurige, der Altwein, der Grüne Veltliner und der Welschriesling erfreuen mit ihrer Gradheit und Frische den durstigen Wanderer, der auf den etwas flauen Riesling nicht angewiesen ist und die Cuvée aus Neuburger und Grüner Veltliner ebenfalls übergeht.

RABL

88

Perchtoldsdorf
Elisabethstraße 27
Tel. 869 83 77

Unregelmäßige Öffnungszeiten, telefonisch erfragen

WEIN	AMBIENTE
****	***
BÜFFET	GARTEN
****	**

Außer essen und trinken kann man beim Rabl auch gemütlich sitzen ...

Kurz vor diesem Heurigen beginnt die Elisabethstraße ihren Aufstieg nach oben ins Grüne. Kein Wunder, daß auch hier wie beim Nachbarn, dem Kas Nigl, die Wandersleut gern einkehren. Aber auch die Weinbeißer. Dann was seine Weine angeht, so kann Karl Rabl mit Recht stolz sein. Seine Cabernet Sauvignons sind die besten, die wir bei einem Heurigen getrunken haben. Eine so perfekte Feinabstimmung von Tannin, Holz und Frucht, eine derartige Harmonie auf der Zunge, das ist wirklich nicht alltäglich. Verblüfft hat uns, daß der gerade erst abgefüllte, jüngste Jahrgang am vollkommensten war, was bei dieser Rotweinsorte ungewöhnlich ist. Nun ist die Besessenheit, mit der Herr Rabl sich dem Ausbau seiner Weine widmet, ebenfalls ungewöhnlich. Teilweise liegen seine Hektarerträge bei 15 Hektolitern, und die Gedanken, die er sich über die Wahl des richtigen Holzes für seine Fässer macht, weisen ihn als Perfektionisten aus. Der Sportsfreund und ich haben auch nicht gezögert, alles zu probieren, was bei ihm getrunken werden kann, und das ist viel und macht viel Freude. Vom einfachen Heurigen über den typischen Grünen Veltliner, den kernigen

Neuburger, den ziselierten Weißburgunder bis zum Chardonnay gibt es nur Erfreuliches zu vermelden; lediglich ein edelsüßer Neuburger gab innerhalb von fünfzehn Minuten seinen Geist auf und oxydierte im Glas.

Das entsprach dem trockenen Topfenstrudel, welcher als einzige Speise ebenfalls nicht den Rang der anderen hatte. Denn was das Büffet beim Rabl sonst bietet, ist ebenfalls vom Feinsten. Allein die Ente, so knusprig und so zart (und gut gewürzt), war ein großer Leckerbissen. Das war auch die mächtige Linsensuppe mit Schinken, welche die Frage aufwarf, warum es in anderen Heurigen nur selten so lebensrettende Suppen gibt, die sich ja besser aufwärmen lassen als ein Auflauf oder ein Fleischlaberl.

... besonders im alten Holzvorbau mit offenen Fenstern zum Hof.

Außer essen und trinken kann man beim Rabl auch gemütlich sitzen, und zwar im ersten Raum, gleich hinter dem Eingang. Der ist ein alter, hölzerner Vorbau mit vielen Fenstern zum Hof, mit großen, dunkelbraun polierten Tischen und ebensolcher Wandverkleidung. Der Raumschmuck besteht – auch in den beiden anderen, renovierten Schankräumen – zum größten Teil aus Jagdtrophäen. Für einen Platz in der altersdunklen Heurigenatmosphäre des ersten Raumes ist telefonische Tischreservierung nötig, denn die Stammgäste wissen um den Reiz dieses schönen Ambientes.

Der Garten im Hof ist nicht sehr groß und hat kaum Schatten, dafür aber einen Ausblick in Bäume und andere Naturimitate.

STEINKLAMMER

86

Mauer
23, Jesuitensteig 28
Tel. 888 22 29

21. Dezember bis 15. Januar
geschlossen

WEIN	AMBIENTE
****	****
BÜFFET	GARTEN
***	***

In diesem erstklassigen Heurigen muß das reichhaltige Büffet gegenüber dem Keller nicht zurückstehen.

Mauer ist ein bevorzugtes Wohnviertel von Wien, aber wie die dort wohnenden Wiener in die Innenstadt kommen und wieder nach Hause, ist mir rätselhaft. Mein Pfadfinder hatte keinen guten Tag und stand immer wieder vor falsch gepolten Einbahnstraßen. Die Häuser am Jesuitensteig (die Teufelstraße ist gleich ums Eck) sind Villen und haben Gärten, was unsere Hoffnung auf einen ›echten‹ Heurigen schwinden ließ. Tatsächlich handelt es sich beim Steinklammer um einen Heurigen der 1. Klasse, wo man Rotwein aus einem riesigen und kostbaren Riedelglas trinken kann. (Es existieren allerdings nur noch drei der zerbrechlichen Pokale. Doch die anderen sind auch gut.)

Daß wir einen überdurchschnittlich gepflegten Heurigenbetrieb vor uns hatten, war eindeutig. Der Garten auf der linken Seite ist gewaschen und gestriegelt, Blumenrabatten und Obstbäume sind liebevoll arrangiert. Neben der Eingangstür hängt links ein holzgeschnitzter Stammbaum der Familie Steinklammer, rechts ein knallbuntes, frommes Bild auf Holz, eine Mischung aus Votivtafel und Wirtshausschild; allerliebst.

Ein knallbuntes, frommes Bild auf Holz ist eine Mischung aus Votivtafel und Wirtshausschild.

Der Garten ist gewaschen und gestriegelt, Blumenrabatten und Obstbäume liebevoll arrangiert.

Tritt man ein, glaubt man, sich geirrt zu haben. So sieht es in den Schankstuben besserer Ferienhotels aus, deren Gäste nicht täglich im Gourmet-Restaurant essen wollen. Holz, natürlich, an Wänden und Decken, aber dekorativ gedrechselt, Gewölbebogen mit Klinkersteinen, Tische und Bänke ausgeklügelt arrangiert, um die üblichen Omnibusreihen zu vermeiden. Ohnehin gibt es keinen länglichen Schankraum, sondern mehrere Stuben mit verschiedenartiger Beleuchtung, helle und weniger helle; und die unvermeidlichen Mistgabeln und Strohbündel sind so diskret angebracht, daß sie gut ignoriert werden können. Ein Heuriger für feine Leute, bemerkte der Pfadfinder.

Und für anspruchsvolle Weinbeißer. Die Sortenweine aus der Bouteille (Rheinriesling, Weißburgunder, Ruländer, Traminer) sind alle erstklassig, die Schankweine nicht schlecht, und der im Barrique ausgebaute Zweigelt ist geradezu sensationell. Fruchtig, ohne aufdringlich zu sein, fein abgestimmt und harmonisch, könnte er Gevrey-Chambertin heißen. Neben einem ebenfalls im Barrique ausgebauten Cabernet Sauvignon/Merlot habe ich hier zum ersten Mal eine Kuriosität getrunken, eine Modeerscheinung, der man wahrscheinlich häufiger begegnen wird. Es handelt sich um einen Blanc de Rouge, also einen so kurz abgepreßten Pinot Noir, daß der Wein von den Schalen keine Farbe mitbekam und weiß blieb. Ein Albino, der sogar trinkbar war.

Die professionell ausgestattete Küche hinter dem Büffet will gegenüber dem Keller nicht zurückstehen. Das macht sich in einem sehr reichhaltigen Angebot bemerkbar, vor allem bei den kalten Schmankerln, den Aufstrichen und Salaten. Mit Schafskäse gefüllte Peperoni, ein Lauchsalat mit Apfelschnitzen, gefüllte Schweinsbrust,

Blunzen und die schönen Brathendl waren den feinen Weinen ebenbürtig, doch manches hätten wir lieber heiß gegessen als lauwarm, und Schinkenfleckerl, Sauerkraut, Erdäpfelgröstl lieber gut gewürzt als fad. Und während der Topfenstrudel gelungen war, enthielt der Apfelstrudel eine dicke, ungare Teigschicht.

Wäre auch zu blöd, grantelte der Pfadfinder, als er auf dem Heimweg vor einer Einbahnstraße umdrehte, wenn Wiens bester Heuriger ausgerechnet in Mauer stünde.

NIERSCHER

87

Klosterneuburg
Weidling
Hauptstraße 190
Tel. 0 22 43 / 339 33-0

Unregelmäßige Öffnungszeiten,
telefonisch erfragen

WEIN	AMBIENTE
***	****
BÜFFET	**GARTEN**
***	****

Die Dekorationen, freundlich geordnet und manierlich arrangiert, machen dem herrlichen Park Konkurrenz.

I Weidling findet der Heurigenpilger auf dem Weg nach Klosterneuburg, wohin er zwar nicht mit der Straßenbahn, wohl aber mit anderen Schienenfahrzeugen fahren kann. Vom Bahnhof Weidling wandert er dann einige Kilometer ins Weidlingertal hinein. Die Straße heißt Hauptstraße und ist somit vor der Gefahr gefeit, für eine Nebenstraße gehalten zu werden, was nicht so abwegig wäre, da sie schmal und holperig ist. Natürlich sind der Sportsfreund und ich nicht gewandert, da wir uns vor den Folgen des dadurch entstehenden Superdurstes schützen wollten. Nach einigen Kilometern landeinwärts, dort wo es grün wird, liegt auf der rechten Seite in einem ansteigenden Garten das Ziel der Reise. Der Garten eher ein Park. Schätzungsweise ein Hektar groß. Nußbäume, Weiden, Apfelbäume; Birne und Pflaume wahrscheinlich ebenfalls. Dazwischen und darunter Oleander in Kübeln, Geranien im Töpfchen. Die Autos der Gäste müssen unten auf der Straße parken; Kinder haben einen Spielgrund außer Hörweite. Und wenn's kühl wird am Abend, werden Decken verteilt und Kerzen angezündet. Unglaublich.

Innen ist es fast so schön wie draußen. Kachelöfen verströmen behagliche Wärme, die Dekorationen versuchen, dem grün-bunten Garten Konkurrenz zu machen, und wer sich auf den wie üblich schmalen Bänken nach etwas Bequemlichkeit sehnt, der muß sich sagen lassen, daß sie draußen noch weniger zu finden ist. Die Bevorzugung des Unbequemen vor dem Komfort ist nun mal ein fester Bestandteil der Heurigen-Romantik.

Dazu gehören nicht nur die harten Bänke und die knirschenden Knochen alter Weinbeißer, sondern auch ein Getränk, das ich bisher noch nicht erwähnt habe. Es heißt Sturm. In anderen Weinbaugegenden hat es andere Namen, aber sein Aussehen und seine Wirkung sind überall gleich. Es handelt sich um den jungen, noch nicht ausgegorenen, trüben Wein. Er ist mehr oder weniger süß und wirkt mehr oder weniger durchschlagend. Im Spätsommer und Herbst hat er seine Geburtsstunde, und er sollte noch warm sein, wenn er serviert wird, dann weiß der Kenner, daß er wirklich frisch ist. Was selten vorkommt. Wo wie beim Nierscher die Umgebung so freundlich geordnet, die Dekorationen so manierlich arrangiert sind, da ist dem Kritiker die Temperatur des süßen Abführmittels nicht so wichtig. Wenn hinter dem Eingang ein Büffet mit urigen Balken installiert ist sowie ein allerliebster Stammtisch, von dem man glaubt, er sei von Laura Ashley konzipiert worden, wenn also auch der profane Teil der Gaststube so gut gelungen ist wie hier, dann gibt man sich in den Stuben gern der wohligen Stimmung hin, die mit ›rundum gemütlich‹ nur unzutreffend beschrieben ist. Tatsächlich bezeugen die dekorativen Flaschen in den Wandregalen und anderer Zimmerschmuck, nicht zuletzt auch die auf den hausnahen Gartentischen aufgestellten Blumen, einen konsequenten Willen zur Verschönerung. Daß der

Der Garten ist ein Park mit Nußbäumen, Weiden und Apfelbäumen, Oleander und Geranien.

nicht im üblichen Kitsch mündet, ist einer der großen Vorzüge dieses Heurigen.

Sogar Küche und Keller bieten Erfreuliches. Der Veltliner und der Riesling sind sauber und süffig, der Chardonnay lahmt etwas hinterher. Der Kümmelbraten litt unter der Trockenheit des Sommers, das Brathuhn war vergleichsweise gut. Hervorragend ein Auflauf aus Gnocchi; weitere, ähnlich verführerische Aufläufe gab es viele, doch mein Blutdruck warnte mich vor zu gründlichen Proben. Den Apfelstrudel konnte ich mir nicht verkneifen, weil ich mir die Überzeugung der Wiener zu eigen gemacht habe, täglich zweimal eine Mehlspeise zu essen gehöre keineswegs zu den Todsünden.

Hier, beim Nierscher, wäre noch ein Topfenknödel in Vanillesauce als zusätzliche Verführung zu erwähnen, weil er so empfehlenswert aussieht. Ich habe es bei der Bewunderung bewenden lassen, mit der ich dem Sportsfreund bei der Strudelvernichtung zusah und zuhörte.

STIPPERT

75

Ottakring
16, Ottakringer Straße 225
Tel. 486 89 17

So nachmittag und Mo sowie Ostern und zweite Augusthälfte geschlossen

WEIN	AMBIENTE
***	***
BÜFFET	**GARTEN**
***	*

Am besten fährt man mit dem J-Wagen vom Karlsplatz. Der J-Wagen ist eine Straßenbahnlinie und wird ›Jehwagen‹ ausgesprochen, weil das Wort Jott anderweitig besetzt ist. Von der Endstation in Ottakring bis zu diesem Heurigen sind es nur ein paar Schritte. Schaut man sich um, ist die Existenz einer Weinbeißerarena nur schwer vorstellbar. Zwar erkennen wir den Buschen über der Tür, und das Haus hat die gewohnten Gasthausproportionen. Aber links und rechts und vorn und hinten stehen hohe Wohnhäuser; Ottakring ist nun mal keine Gartenvorstadt. Der Garten beim Stippert – es müßte eigentlich bei der Stippert heißen, da Frau Rosa ihren Namen auf die Rechnungen hat drucken lassen – ist daher auch nicht Garten zu nennen, ein Hofgarten mit gerade mal hundert Plätzen, ziemlich eng eingeklemmt zwischen Haus und Mauern.

Aber innen empfängt den Kampftrinker nicht die übliche Spärlichkeit, sondern so etwas wie ein komfortables Wirtshaus der Bürgerklasse. Gleich am Eingang, an einer umgebauten alten Presse, stehen die ersten Gladiatoren mit dem Glas in der Hand. Der Boden ist Stein, die Möbel massiv, die Wände sind schwer geschmückt durch Jagdtrophäen aller Art und anderen Deko-Trödel. Die hintereinander liegenden Stuben geben zu erkennen, daß den Wirten das Wohlgefühl der Gäste am Herzen liegt, und daß diese ein klares Design wohl nicht erwarten. Zufrieden registrieren wir die vernünftigen Weingläser auf den Tischen und nehmen bald die erste Karaffe in Empfang. Es ist der Heurige, ein gemischter Satz von herzerfrischender Säure, gepaart mit schöner Fruchtigkeit. Dabei können wir bleiben, sagt der Sportsfreund anerkennend und schenkt sich ein zweites Glas ein. Natürlich bleibt es dabei nicht. Der folgende Veltliner ist ein Altwein und von ebenfalls erfreulicher Reinheit und Geschmacksfülle,

Der schmale Hofgarten ist eng eingeklemmt zwischen Haus und Mauern.

so daß uns der danach in der Flasche kredenzte Rheinriesling nicht als die Steigerung erscheint, die er eigentlich darstellen sollte. Also kehren wir zum Ausgangspunkt zurück und bemühen uns, den Vorrat an Heurigen auf einen lächerlichen Rest zu reduzieren, was uns, wie ich am anderen Morgen vermute, auch gelungen ist.

Trotzdem kann ich mich an die Größe der Platten und die Qualität der darauf abgelegten Speisen erinnern. Vor allem eine Stelze vom Schwein eignete sich wunderbar als Beilage zum gemischten Satz, und der Salat von Schwarzwurzeln, zum Veltliner genascht, unterscheidet sich vorteilhaft von seinen üblicherweise faden Brüdern und Schwestern in anderen Heurigen. Wir fanden auch die gebackenen Streifen von der Hühnerbrust recht passend zum Wein, und ich registrierte eine Neuigkeit, nämlich gefüllte, runde Kekse, welche, wie mir der Sportsfreund versicherte, in den Heurigen zur Tradition gehören, ohne aber zu erklären, warum ich sie bisher noch nie zu sehen bekommen hatte.

Donnerstags werden Enten gebraten, welche man 24 Stunden vorher bestellen muß.

GERTI HUBER

63

Ottakring
16, Roterdstraße 5
Tel. 485 81 80

Jeweils Di bis Sa geöffnet

WEIN	AMBIENTE
***	**
BÜFFET	GARTEN
***	**

Auch hier erstreckt sich hinterm Haus der unverzichtbare Schankgarten.

Gerti Huber ist die Tochter vom Fuhrgassl-Huber in Neustift, und so ist es nicht verwunderlich, daß man bei ihr auch Flaschenweine aus dem elterlichen Betrieb trinken kann. Die kannten wir aber schon, so daß wir uns an ihre eigenen hielten: ein rescher Heuriger, ein Grüner Veltliner mit der Duftnote ›Himmel und Erde‹, ein herzhafter Rheinriesling und ein Roter mit verworrenen Familienverhältnissen. Allen gemeinsam ist ihre Süffigkeit; der Rote hat zusätzlich noch jene ursprüngliche Eindeutigkeit, welche den Designerweinen heutzutage mehr und mehr ausgetrieben wird zugunsten einer allgemein beliebten und charakterlosen Wohlgefälligkeit. Natürlich ist es ratsam, dazu etwas zu essen.

Das Büffet gleicht bis aufs Geschirr vielen anderen Heurigenbüffets, so daß sich (nicht zum ersten Mal) die Frage aufdrängt, ob sie alle von einer Zentralstelle beliefert werden. Die gleichen Stücke vom Schwein, gleichermaßen perfekt und unpersönlich gebraten, die faltigen Brathühner und die zwölf verschiedenen Salate aus den gleichen Eimern, die Backwaren aus derselben Fabrik wie die Mehlspeisen – die Eigenleistung solcher Heurigenküchen ist auf ein Minimum rationalisiert. Wenn hier andererseits die Backhendl erst auf Bestellung gebacken werden, so ist das durchaus den dunkelbraunen Hühnerschenkeln vorzuziehen, die vielerorts stundenlang auf den Gast warten müssen.

Auch bei der Einrichtung der Heurigen muß es eine Zentralstelle geben, die sie alle mit den gleichen Tischen (grün lackiert) und den gleichen Bänken (grün lackiert) beliefert, sowie für die originellen rot-weiß karierten Leitmotive bei den Dekostoffen verantwortlich ist. Irgendwann hat man diese herzigen Wirtsstuben schon in Schottland gesehen, in der Provence, Südtirol, Portugal, Kanada und Australien, und auch die dunklen Balkenkonstruk-

Das Büffet gleicht dem vieler Heurigen, die Eigenleistung ist auf ein Minimum reduziert.

tionen über einem wirken nicht fremder als ein McDo in Paris.

Mit anderen Worten: alles wie gehabt. Und das ist eigentlich nur beruhigend. Neben und hinter dem Haus erstreckt sich die unverzichtbare, Schankgarten genannte Grünanlage, die hier nicht so romantisch ausfällt wie auf den Kupferstichen Ludwig Richters, obwohl eine niedliche Hauskatze sich alle Mühe gibt.

PETRITSCH

84

Strebersdorf
21, Kellergasse 241
Tel. 292 66 91

Dezember geschlossen,
in manchen Monaten nur
Di bis So geöffnet

WEIN	AMBIENTE
****	***
BÜFFET	GARTEN
***	****

Kellergassen sind in Weinbauregionen meistens am Dorfrand gelegene Hohlwege, in deren Böschungen links und rechts Keller getrieben wurden, wo sich die Pressen und Fässer der Winzer befinden und sonst nichts. Solche anschaulichen Exklaven des Weinbaus existieren auch heute noch; aber nicht in Strebersdorf. Solange also der Straßenname nicht geändert wird, sollte klargestellt werden, daß der Heurige der Familie Petritsch kein Keller ist, sondern ein richtiges Gasthaus unterhalb des Bisamberges. Die Hanglage bedeutet, daß der Schankgarten sich in Terrassen nach oben fortsetzt, bis er die ersten Reihen der Reben erreicht. Mithin der ideale Heurigengarten, wo die Weinbeißer sich ihrem lieben Herrgott in Gestalt der Rebstöcke näher wissen als sonstwo zwischen Prater und Burgtheater.

Drinnen geht es prosaischer zu, indem dort die übliche Renovierung mit beträchtlichem Aufwand und besseren Hölzern betrieben wurde, so daß man in einem zweckmäßigen, properen und anonymen Ambiente sitzt. Daß neben den Bänken auch Stühle für den Gast bereitstehen, und die beliebte Ikea-Rustikalität nicht zu bemerken ist, entfernt diesen Heurigen zwar um einige Zentimeter von denen der Nachbarschaft, aber wirklich zu unterscheiden ist er nicht. Dazu bedarf es mehr als einer polierten Holzdecke. Wie also wär's mit einem Glas Wein?

Ja, das ist der Schlüssel zu einer anderen Welt. Denn die Weine der Familie Petritsch sind wunderbar! Wunderbar innerhalb der Heurigen-Kategorie sowieso, manche wachsen über sich selbst hinaus. So sind Riesling und Sauvignon blanc geradezu Ausstellungsstücke zum Thema »Das Glück am Bisamberg«. Beides Kabinettweine aus der Bouteille, haben sie schon im Bukett die unverwechselbaren Merkmale ihrer Traubensorte. Die hat auch der

Weißburgunder, der allerdings mit 14 Prozent Alkohol etwas unbalanciert wirkt. Dafür übertrifft er als Schankwein sowohl den zu milden Veltliner und den noch unterentwickelten Riesling. Überhaupt kommen Schankweinfreunde hier weniger auf ihre Kosten, da der Hausherr sich offensichtlich auf höherwertige Weine konzentriert. So überraschte uns ein Rotwein ›Cuvée Petritsch‹ aus Zweigelt, Blaufränkisch, Cabernet Sauvignon und Merlot sowie einem deutlichen Holzton, der trotz der letzteren Eigenschaft einen komplexen und runden Charakter hat. In Italien, kommentierte der Sportsfreund, der dort ein Ferienhaus besitzt, würde ein solcher Wein triumphierend vorgeführt werden.

Ein idealer Heurigengarten, wo sich die Weinbeißer ihrem Herrgott in Gestalt der Rebstöcke näher wissen.

Der Chardonnay, der bei keinem ehrgeizigen Winzer fehlt, war wie immer wenig sortentypisch, trotzdem aber eine interessante Annäherung an ein fernes Ziel.

Sodann probierten wir noch zwei halbtrockene Weißburgunder, die kaum süß zu nennen sind, denen aber die Vielschichtigkeit des trockenen Verwandten fehlte.

Kein Wunder, daß auch in der Küche mit großem Ehrgeiz gearbeitet wird. Vor allen anderen Dingen bejubelten wir den Topfenstrudel, den die Oma backt, ein unbestrittenes Meisterwerk. Mit den Geheimnissen der Wiener Mehlspeisen nicht vertraut, kann ich zur Herstellung nichts sagen als: Wir haben eine zweite Portion gegessen. Bei den übrigen Schmankerln waren die hausgemachten den anderen weit voraus, also triumphierte die Haussulz lässig über die Fleischwurst, war das Stück Backhendl trotz des dicken und dunkelbraunen Bröselpanzers saftig, und die Krautwickerl mit faschierter Füllung hatten es nicht schwer, die zwiebellastigen Salate zu deklassieren. Hervorragend, weil appetitanregend sauer, das deshalb so genannte Kraut, während der Erdäpfelsalat trotz der feinen Kartoffelsorte unter der banalen Vinaigrette litt. Doch die Schwächen waren insgesamt marginal. Blunzen und Grillhendl lagen bereit, um eventuelle Zweifel an der Reichhaltigkeit des Heurigenbüffets zu beseitigen, die freundliche Bedienung tat ein übriges, um bei uns den Vorsatz des Wiederkommens zu festigen.

SCHILLING

79

Strebersdorf
21, Lang-Enzersdorfer Straße 54
Tel. 292 41 89

Geöffnet ab Februar jeden zweiten Monat

WEIN	AMBIENTE
****	**
BÜFFET	GARTEN
***	***

Die Weine beim Schilling sind erstklassig und passen ebenso gut zum Essen, wie sie den Durst löschen.

Wie immer im kühlen Norden Wiens sind die Straßen mit den Heurigen keine Prachtstraßen. Die Häuser sind niedrig, und hinter ihren schlichten – und nicht immer sehr alten – Fassaden so etwas wie eine traditionelle Rustikal-Gastronomie zu erwarten, bedarf schon einer optimistischen Phantasie. Im Falle dieses Heurigen kommt hinzu, daß nicht einmal die Fassade mehr verspricht als einen Imbiß für Lastwagenfahrer. Doch das ist der äußerliche Schein. Der wird zwar nicht automatisch widerlegt, wenn man das Tor durchschreitet, weil auch der Zugang zu den Gaststuben sich nicht von den furchteinflößenden Raststätten unterscheidet, die für jene Touristen errichtet werden, denen als allerletztes ein gutes Glas Wein am Herzen liegt.

Damit sind die Umrisse festgelegt, die diesen Heurigen charakterisieren. Doch der Kern sieht anders aus: Die Weine beim Schilling sind gut bis erstklassig. Selten haben der Sportsfreund und ich einen heurigen Grünen Veltliner nachbestellt, wenn auch Riesling, Weißburgunder, Sauvignon blanc und Chardonnay so sauber und so sympathisch waren. Doch der Heurige als Schankwein (im Gegensatz zum gleich jungen Grünen Veltliner aus der Bouteille) hatte ein unerwartetes Bukett von Pfirsich und Aprikose, welches durch dezente Pfefferigkeit einen eleganten Rahmen bekam. Ein gelungenes Beispiel von den Vorzügen der Jugend, welches sich dann zu unserer Verblüffung und Freude noch einmal beim heurigen Riesling wiederholte. Bei weiteren Rieslingproben war dann die Normalität wieder hergestellt, da triumphierte das Alter über die Jugend. Also war der 1993er um Längen besser als seine jüngeren Brüder.

Wir probierten aber auch ohne Reue den angenehmen Sauvignon blanc, die gut balancierte Cuvée Camilla (so

Der große Garten mit seinen Nußbäumen ist bei Sonnenschein ein angenehmer Aufenthaltsort.

heißt die Tochter des Winzers) und sogar den Wiener Augustin Brut. Darunter ist kein Bruder von Camilla zu verstehen, sondern ein Sekt mit sehr feinen Perlen und darüber hinaus nicht sehr ausgeprägtem Charakter. Die im Barrique ausgebaute Cuvée Camilla besteht aus Sankt Laurent und Zweigelt und ist genau das, wonach viele Trinker suchen.

Wir wurden bei fast jeder Sorte fündig, weil alle Weine ebenso gut zum Essen paßten, wie sie den Durst löschten. Das Essen besteht bei Schilling aus den üblichen kalten und warmen Schmankerln, unter denen ein Spinatstrudel angenehm auffiel, weil er durch eine Tomateneinlage saftig gehalten war. Den Mehlspeisen hätte so etwas gut getan, denn sie waren vom Vortag. Backhendl und Schweinsbraten hingegen kamen frisch und saftig aufs Tablett; bei Erdäpfeln und Sauerkraut hätte ich mir besseres Würzen vorstellen können.

Die beiden Schankräume zwischen der Bretterdecke und den Steinfliesen unterscheiden sich vom üblichen Heurigen-Ambiente nur dadurch, daß sie parallel verlaufen und eine Tischreihe mit Stühlen bestückt ist anstelle der naturreinen Bänke. Auffällig viele Topfpflanzen oberhalb der Garderobenhaken, was den Naturfreund entzückt oder auch nicht.

Der Garten mit den vielen Nußbäumen ist groß und muß bei Sonnenschein ein angenehmer Aufenthaltsort sein. Bei unserem Besuch war es wieder einmal zu kalt.

ECKERT

88

Strebersdorf
21, Strebersdorfer Straße 158
Tel. 292 25 96

Jeden zweiten Monat geöffnet

WEIN	AMBIENTE
****	****
BÜFFET	GARTEN
****	*

Der sympathische Familienbetrieb ist eine typische Nachbarschaftskneipe ...

Na, ob das ein echter Heuriger ist? fragte mißtrauisch mein Pfadfinder aus dem 1. Bezirk, als wir eintraten. In der Tat hat der Eckert eine für Heurige ungewöhnliche Eigenschaft. Er ist geräumig und komfortabel. Zwar sitzt man wie überall auf Bänken vor stabilen Holztischen, aber die Bänke sind breiter, die Tische größer, und die keineswegs engen Nischen sind durch aufwendige, hübsche Holzwände voneinander getrennt. Nichts ist hier eng, alles hat vernünftige Abmessungen, so daß der Eindruck des Provisoriums nicht entsteht, den viele Heurige dadurch machen, daß sie zu viele Gäste auf zu kleinem Raum zusammenpferchen. Auf einem langen Holzsims stehen die üblichen Dekorationsobjekte wie Teller, Backformen, Strohblumen, bunte Gläser und Zinnteller, ein großes Holzrelief mit Szenen aus dem Leben der Weinhauer bildet einen zentralen Blickfang. Außerdem hängen zahlreiche Aquarelle darunter und daneben, welche als verkäufliche Kunstwerke gekennzeichnet sind.

Die Gäste sitzen hier bequem, und es ist deutlich erkennbar, daß es sich bei dieser Buschenschank um eine

Nachbarschaftskneipe handelt. Also nicht ein Ausflugsziel für unternehmungslustige Familien, sondern regelmäßiger Treffpunkt der Strebersdorfer Bürger. Da sitzen drei Rentner und spielen Karten, dort ißt ein Paar zu Abend wie wahrscheinlich jeden Tag um diese Zeit, drüben gesellt sich Herr Eckert Senior zu einigen Stammgästen, während am Schank der junge Herr Eckert mit anderen Weinhauern konzentriert degustiert. Wahrscheinlich ist er auf diesen Rotwein besonders stolz. Er ist im Barrique ausgebaut und verfügt über eine erstaunlich kompakte Struktur, seine Fruchtigkeit wird durchs Tannin perfekt ergänzt und vom leichten Holzton diszipliniert. Ein sehr gelungener Wein. Aber das sind auch die anderen Sorten. Der Grüne Veltliner prunkt mit der ihm eigenen Rustika-

... und regelmäßiger Treffpunkt der Strebersdorfer Bürger.

lität, ohne ruppig zu sein, der Weißburgunder begeisterte meinen Pfadfinder zu Recht, und auch der Rheinriesling ist reintönig und süffig, so daß es uns schwerfiel, einen einzelnen Wein den anderen vorzuziehen. Wir tranken sie alle mit gleicher Freude, vorwärts und rückwärts, und waren uns einig, daß man die Gelegenheit beim Schopf packen muß.

Dazu aßen wir mit gleich großem Genuß, was die Küche uns bescherte. Die Schinkenfleckerl waren unübertrefflich, nämlich locker, gut gewürzt und frisch; der faschierte Braten ebenfalls ein Musterbeispiel für diese Hackfleischspeise; ein Salat aus blanchierten Lauchringen schlichtweg delikat, desgleichen die gebackenen Selleriescheiben, das Brathuhn saftig und frisch. Sogar das Brot ist selbstgebacken und unterscheidet sich dadurch vorteilhaft von der üblichen Konfektion. Diese sympathische Eigenschaft teilten auch Topfenstrudel und Mohnkipferl, und so verließen wir denn diesen Heurigen, ohne über das Wetter zu klagen, das uns den Garten verleidete. Dieser ist ohnehin nur ein kleiner Innenhof und zählt mit nur einem Baum und einer Laube nicht zur Oberklasse wie der Rest dieses sympathischen Familienbetriebs.

CHRIST

84

Jedlersdorf
21, Amtsstraße 12–14
Tel. 292 51 52

Jeden zweiten Monat geöffnet

WEIN	AMBIENTE
****	***
BÜFFET	GARTEN
***	***

In der authentischen Atmosphäre kleinbürgerlicher Nachbarschaft erhält das Wort ›volkstümlich‹ seine Berechtigung.

Jedlersdorf, könnte man sagen, ist die Gegenwelt zu Grinzing. Dort intensive Folklore im Sinne des Austro-Tourismus, hier das alltägliche Leben des Kleinbürgers. In Grinzing kaschiert Schrammelmusik die kulinarische Konfektion, läßt inszenierte Gemütlichkeit die Grobheit des gemischten Satzes vergessen. In Jedlersdorf geben sich die Weinhauer mit ihren Produkten Mühe, weil die Gäste sonst zum Nachbarn gingen.

So auch beim Christ. Eigentlich erinnert hier nichts an einen Wiener Heurigen. Die Weinglas- und Faßsymbole als hölzerner Wandschmuck bestimmen die Atmosphäre weniger als die lautstarken Kartenspieler im ersten Raum. So klingt und trinkt es sich auch in Ruhrgebietskneipen; sogar Sizilien drängt sich als Vergleich auf, wenn die temperamentvollen Männer ihren frühen Feierabend bereits um 16.30 Uhr mit den Weinen des Hauses zelebrieren.

Die sind es allemal wert, gefeiert zu werden. Der Grüne Veltliner Bergwein aus der Flasche, im $^1/_8$-Liter-Glas serviert, führt die bravourösen Tropfen an. Sortentypisch, herzhaft und süffig; eigentlich könnte man mit

Die Weine des Hauses sind es allemal wert, gefeiert zu werden.

ihm glücklich sein. Aber die Neugier verführt auch noch zum Weißburgunder, zum Welschriesling und zum Blauen Zweigelt – alles achtbare, fehlerlose Weine, die auf die ›Mephisto‹ genannte Cuvée Barrique neugierig machen, welche leider schon wieder ausverkauft ist.

In die Bresche springt das Büffet, was hier besser Küche genannt wird, denn vieles ist hausgemacht. Am Hühnergrill drehen sich ununterbrochen frische Hähnchen, die Selleriescheiben, ebenso wie der Karfiol, eingebacken wie ein Wiener Schnitzel, sind eine originelle und köstliche Spezialität des Hauses; der Kümmelbraten ist selbstverständlich frisch und saftig, die Blunzen gut gewürzt, das Sauerkraut milde, aber nicht langweilig – sogar den zweifellos nicht handgeschnitzten Erdäpfel- und Schwarzwurzelsalaten hat eine liebevolle Hand ein bißchen mehr Aroma mitgegeben, als allgemein üblich ist.

Und über allem liegt die authentische Atmosphäre kleinbürgerlicher Nachbarschaft. Raymond Queneau hat das aus Pariser Vororten so einprägsam beschrieben, daß man sich fast wundert, hier den wienerischen Dialekt zu hören. Das Wort ›volkstümlich‹, von Brecht verdächtigt und von Heimatdichtern zuschanden geritten, bekommt hier seine Rechtfertigung. Beim Christ gibt es selbstverständlich auch einen Garten im Hof, nicht einmal sehr klein und von Weinlaub überrankt. Aber er ist hier nicht unbedingt notwendig, um Wiener Lebensart deutlich zu machen.

LENTNER, RICHARD

82

Jedlersdorf
21, Jedlersdorfer Platz 10
Tel. 292 42 51

Jeden zweiten Monat täglich
ab 14 Uhr geöffnet

WEIN	AMBIENTE
***	**
BÜFFET	GARTEN
****	***

Unter den Bäumen im Hof ist noch ein gewisser nostalgischer Charme zu finden.

In Jedlersdorf ist alles andere als ein romantisches Winzerdorf. Vor allem die Anfahrt über die Brünner Straße mit dem Auto oder der Straßenbahn 31 macht klar, daß die Zeit der Romantik durch eine brutale Vulgarität abgelöst worden ist. Da wirken dann die beiden Weinhauergassen, die Amtsstraße und der Jedlersdorfer Platz, mit den niedrigen Biedermeier-Häusern geradezu rührend. Der Heurige hinter dem wuchtigen, geschnitzten Holztor ist allerdings auch kein Nostalgieobjekt. Er ist so gründlich renoviert worden, daß etwas Charme lediglich unter den Bäumen im Hof zu finden ist, wo im Sommer die Weinbeißer ihre Umgebung vergessen können.

Die Schankräume sind zunächst einmal auffällig sauber und nicht ungemütlich, wenn auch die herrschende Ordnung durch Strohblumen an den Wänden, schmückendes Schmiedeeisen und bunte Wirtshausornamente wieder ziemlich ruiniert wird. Gottlob sorgen die Stammgäste für Auflockerung, von denen einige, bunten Vögeln gleich, mit ihren Hunden am Eingang stehen und dort ihr Achtel reinziehen. An den Tischen sitzen vorwiegend Familien; der Lentner ist ganz eindeutig ein Nachbarschaftstreff, und das verleiht ihm dann doch einen Charme, der in der tristen Vorstadt wie ein Sonnenstrahl an Regentagen wirkt.

Die sich hier treffen, muß man als Kenner bezeichnen. Denn sowohl Weine als auch das Angebot des Büffets sind erstklassig. Wäre der Riesling aus der Flasche nicht ziemlich matt gewesen, wegen des Weißburgunders, des Chardonnay und vor allem wegen des Rotweins wäre eigentlich die Höchstnote gerechtfertigt! Letzterer hat im Ansatz alles, was ein tadelloser Rotwein haben muß, also eine schöne Frucht (vom Zweigelt) und ein angenehmes Tannin sowie eine kompakte Struktur.

Im Schankraum entschädigen Weine und erstklassiges Büffetangebot für das wenig charmante Ambiente.

Am Büffet machten wir eine Entdeckung, die den Ausschlag für die Höchstnote gab: die hausgemachten Mehlspeisen! Der Topfenstrudel und die Nußkipferl waren so gut wie beim besten Konditor der Innenstadt. Eine perfekte Harmonie der Aromen beim Strudel, die Kipferl kleine Kunstwerke von vornehmer Dezenz. Sie waren innerhalb kürzester Zeit weggeputzt.

Aber auch von den deftigeren Dingen ist vieles hausgemacht, und der Unterschied zum konfektionierten Durchschnitt erfreut Herz und Zunge. Das Sauerkraut könnte nicht besser sein, der faschierte Braten war locker und saftig, zu den kleinen Stelzen gibt es selbstverständlich viel scharfen Kren, und klein sind sie keineswegs, sondern wohl für zwei Personen gedacht, während die zum Salat verwendeten Erdäpfel von einer besonders feinen Sorte stammen. Leider müssen sie in einem sehr wässerigen Saft schwimmen.

Um unser kulinarisches Glück vollkommen zu machen, verkaufte eine junge Dame leckere Früchte am Spieß, welche sie mit Schokolade überzogen hatte. Kein Zweifel, daß dieser Heurige durch seine Leistungen für die Befürchtungen entschädigt, die die Anfahrt über die Brünner Straße auslösen kann.

LENTNER, KARL

82

Jedlersdorf
21, Amtsstraße 44
Tel. 292 51 23

Ab Februar jeden zweiten Monat geöffnet

WEIN	AMBIENTE
***	***
BÜFFET	GARTEN
****	***

Der gepflasterte Innenhof wird optisch beherrscht durch eine alte Traubenpresse.

Wieder ein Heuriger mit der für Jedlersdorf typischen Nachbarschaftsstruktur. Kein Touristenrummel stört hier die homogene Zusammensetzung der Gäste; niemand, der hier hereinplatzt und nicht wüßte, was ihn erwartet: Menschen, die seinesgleichen sind, in seiner Nähe wohnen und nichts anderes wollen, als den Spätnachmittag oder den Abend oder den späten Abend im vertrauten Milieu zu verbringen. Und anständig essen und trinken wollen sie auch. Aus nichts anderem besteht letzten Endes das Heurigen-Glück. In Jedlersdorf ist es nur etwas leichter zu finden als anderswo.

Dazu gehört auch der Garten. Er ist nicht sonderlich groß, aber das ist überall der Fall, wo ein Garten nicht in den Rebberg übergeht. Hier ist er im gepflasterten Innenhof angelegt und wird optisch beherrscht durch eine große, alte Traubenpresse, um die herum die Tische angeordnet sind. Sodann ist da noch eine ebenfalls alte, dekorative Weide, da sind Birken und, die rechte Begrenzung durch eine Hauswand kaschierend, Haselnuß- und Holundersträucher.

Die Schankräume beginnen wie üblich beim Büffet und verteilen sich danach rechts und links auf mehrere ineinander übergehende Räume üblichen Zuschnitts. Also Holztische und Bänke, gekreuzte Beine, niedrige Rückenlehnen, halbhohe Holzverkleidung an den Wänden, neue Drucke von alten Stichen, bunte Wandteller, Wegweiser zur Toilette – und darunter und dazwischen die glückliche Schar der Stammgäste. Weder diese noch die Dekorationen sind beunruhigend, weil das Alltägliche dem oberflächlichen Beobachter nur zu vertraut erscheint. Tiefgründige Betrachtungen werden hier von Büffet und Wein verhindert.

Das Büffet läßt keine Wünsche offen. Wer den Kümmelbraten probiert, ist von seiner Saftigkeit und seinem Wohlgeschmack eingenommen, die Fleischlaberl wird er

Ein Heuriger mit der für Jedlersdorf typischen Nachbarschaftsstruktur.

ebenso mögen wie Bratwurst und Blunzen, beide gut gewürzt. Die Grillhendln sind saftig, das Sauerkraut ist verhalten deftig, die Kartoffelrösti gut gewürzt und nicht fettig. Ein klarer Fall für die Höchstnote 4. Doch dann probierten wir zum Nachtisch die (hausgemachten) Topfen- und Apfelstrudel, und die waren nicht frisch, sondern alt. Perfekt abgeschmeckt, aber angetrocknet der eine, matschig der andere. So etwas stürzt den Kritiker in Zweifel: Soll er nun Gnade vor Recht ergehen lassen, weil alles andere tadellos gewesen war, oder seiner Enttäuschung Luft machen? Ich stelle mir vor, wie köstlich die Mehlspeisen in frischem Zustand schmecken müssen, und gebe die Schuld den Gästen von gestern, die nicht alles aufgegessen haben.

Gottlob haben sie uns vom Wein noch etwas übriggelassen. Der Riesling ist ein typischer Abkömmling vom Bisamberg, also schlank, süffig und ohne Extravaganz, der Heurige ein Veltliner von ungewohnt mildem Charakter und feinem Bukett, der Zweigelt, obwohl nicht im Barrique ausgebaut, zeugte vom Können des Kellermeisters, und der Chardonnay schmeckte natürlich nicht wie ein Chardonnay, sondern wie ein Muscat d'Alsace, war aber als solcher eine durchaus erfreuliche und erfrischende Erscheinung.

FUCHS

93

Jedlersdorf
21, Jedlersdorfer Platz 29
Tel 292 20 20

Ab Februar jeden zweiten Monat geöffnet

WEIN	AMBIENTE
****	****
BÜFFET	GARTEN
****	***

Beim Fuchs sitzt man unter eleganten Arkaden wie in einem Südtiroler Kurhotel.

Die Rebhänge der Winzer von Jedlersdorf, Strebersdorf und Stammersdorf liegen alle am Bisamberg. Diese Gemeinsamkeit erkennt man bald. Ihre Weine sind fein, nie schwer, mit einer wohlgefälligen Eleganz, deren oft hohe Säure durch eine sortentypische Fruchtigkeit gezähmt wird. Sie haben eine Eigenschaft, die mein Pfadfinder besonders schätzt: Man kann sie in großen Zügen gegen den Durst trinken. Deshalb schleppt er mich immer wieder die Brünner Straße entlang, entweder mit der Straßenbahn 31 oder in seinem Privatjet. Die Bahn verlassen wir an der Haltestelle Gerasdorfer Straße, den Jet mit dem Fallschirm.

Durch vorausgegangene hohe Trefferquoten in Jedlersdorfer Heurigen waren wir auf ein erfreuliches Erlebnis vorbereitet, als wir bei der Familie Fuchs eintraten. Doch es wurde geradezu ein Höhepunkt unserer Testserie. Der überaus gepflegte Garten mit den eleganten Arkaden an der rechten Seite, unter denen die Gäste sitzen wie in einem Südtiroler Kurhotel, war die erste Überraschung. Die zweite war noch eindrucksvoller. Die

Schankräume sind erst vor wenigen Jahren gründlich renoviert worden, und das mit soviel Gespür für wirksame gastronomische Effekte und Notwendigkeiten, daß man – angesichts der normalerweise herrschenden Phantasielosigkeit bei der Einrichtung und Anordnung der Schankräume – hier von einem innenarchitektonischen Meisterstück sprechen kann. So gemütlich verschachtelt und so edel verarbeitet wünsche ich mir manches Feinschmecker-Restaurant. Hier ist der Festzelt-Atmosphäre jede Chance genommen, sich auszubreiten, hier sitzt niemand Rücken an Rücken mit anderen Gästen. Dabei ist der beliebte Rustikal-Chic durchaus integriert; Tische, Bänke und Wände sind aus hellem Holz, die Decke ist eine urige Angelegenheit aus Balken und Brettern. Das

Fast alle Schmankerl sind hausgemacht und von bester Qualität.

Der überaus gepflegte Garten der Familie Fuchs bildete den Auftakt zu einem der Höhepunkte unserer Testserie.

Büffet am Eingang und eine daneben installierte Stehtheke sind schlicht und appetitanregend. Da fällt dann um so stärker die einzige Schwachstelle in dem sonst so geschmackvollen Ensemble ins Auge: die hinter dem Büffet im Regal stehenden bunten Tüten mit Kartoffelchips und dergleichen.

Der Kontrast ist auch deshalb so stark, weil fast alle Schmankerl hausgemacht sind. Und zwar in bester Qualität! Bei unserem Besuch gab es nichts zu beanstanden, nur zu loben. Ob Blunze oder Sauerkraut, Fleischlaberl oder Backhendl – vom Aufstrich bis zum Apfelstrudel wollte uns der Appetit einfach nicht vergehen. Da ist es schon kein Wunder mehr, daß auch die Weine höchstes Heurigenniveau besitzen. Und zwar ausnahmslos alle. Sogar der modische Chardonnay gelingt hier, ohne fett und breit zu wirken. Zwar ist auch er nicht einem Puligny-Montrachet vergleichbar, aber mit seiner harmonisch gebündelten Substanz von Frucht, Alkohol und Säure gehört er zu den wenigen gelungenen Versuchen, diese Sorte auch im Weinbaugebiet Wien heimisch zu machen. Neben den vorzüglichen Rieslingen, dem Gelben Muskateller und Grünen Veltliner muß ich vor allem den im Barrique ausgebauten Zweigelt erwähnen. Er war schließlich der Grund, daß wir meinen Sportsfreund mit Gewalt von seiner Bank entfernen mußten.

BREYER

88

Jedlersdorf
21, Amtsstraße 15
Tel. 292 41 48

Unregelmäßige Öffnungszeiten,
telefonisch erfragen

WEIN	AMBIENTE
****	****
BÜFFET	GARTEN
****	*

Die verschachtelten Räumlichkeiten lassen gar nicht erst den Eindruck von Massenbetrieb aufkommen.

Wer nicht zum ersten Mal in der Amtsstraße in Jedlersdorf einen Heurigen besucht, ist möglicherweise vorbereitet. Er weiß, daß hier hinter den kleinen Fassaden der niedrigen Häuser relativ mehr lohnende Buschenschänken zu finden sind als in den stattlichen Gebäuden Grinzings. Allen anderen Besuchern muß dieser Heurige dubios vorkommen. Ein kleinbürgerliches Reihenhaus von außen, mehr nicht. Im engen Flur hinter der Haustür erwartet man Fahrräder oder Kinderwagen der beiden hier wohnenden Familien. Diese Vorstellung setzt sich noch fort, wenn man die Tür zum Schankraum öffnet. Der ist klein und mehr als bescheiden. Doch der Blick aufs Büffet zur Linken irritiert ein wenig durch die Auswahl, deren wahre Reichhaltigkeit man später erkennen wird. Nach wenigen Metern biegt man nach links ums Büffet und sieht vor sich endlich das wahre Gesicht dieses Heurigen: mehrere kleine Abteilungen unter einer scheunenähnlichen Dachkonstruktion, rohe Dielenbretter am Boden und viele Balken über dem Kopf, eine halbe Treppe nach unten, dort ein dunkel polierter Stammtisch unter einer alten Presse, noch ein Stüberl, Holz selbstverständlich und rustikal. Tische und Bänke sind breit genug, man hockt sich auch bei vollem Lokal nicht auf der Pelle, und Vorhänge in Designerblau bringen einen unüblichen Chic ins Milieu. Die leichte Verschachtelung läßt den Eindruck von Massenbetrieb erst gar nicht aufkommen. Durstige Weinbeißer wie mein Sportsfreund murren vielleicht zunächst, weil sie nicht augenblicklich mit einem Wein versorgt werden, der hier unbestreitbar lebensrettende Qualitäten hat. Nach den ersten Gläsern wußten wir, daß wir in der richtigen Tankstelle saßen. Denn alle ausgeschenkten Weine gehören in die Kategorie ›Super‹.

Schon der Heurige verriet den Stil des Hauses, der als sauber und süffig bezeichnet werden kann. Die ihm folgenden Weine, alle aus der Bouteille und in Achteln ausgeschenkt, hatten die gleiche Qualität und noch mehr. Zwei Rieslinge verschiedener Stufen und Jahrgänge wurden von uns mit offenen Armen begrüßt, weil ihre Gradlinigkeit, die angenehme Säure und sortentypische Fruchtigkeit, einen fröhlichen Abend versprachen. Ein anderer Weißwein, Genesis genannt, hatte weniger Säure und war etwas gefälliger, da er aus Chardonnay und Ruländer bestand. Alle aber ließen keinen Zweifel daran, daß wir uns, was die Weine anging, in einem Heurigen der Oberklasse befanden. Das bestätigten endgültig die Rotweine des Hauses, vor allem der Cabernet Sauvignon und eine als »Cuvée der Extravaganz« bezeichnete Verbindung von Cabernet Sauvignon und Blauem Zweigelt. Letztere Sorte, oft durch ein zu aufdringliches Bukett belastet, hat hier als roter Schankwein mehr Charakter als vieles, was gemeinhin bei Stadtneurotikern im Silberkörbchen liegt. Nein, da gibt es keine Mißverständnisse: Beim Breyer löscht man den Durst nicht unter seinem Niveau.

Und ebenso zufrieden sättigt man sich. Das Hauptmerkmal der Küche der Frau Breyer heißt hausgemacht. Das beginnt bei den Aufstrichen, von denen der Knoblauchquark allein eine Goldmedaille wert ist, und endet beim absolut hinreißenden Apfelstrudel. Dazwischen fielen wir vergnügt in das Schinken-Linsengemüse ein, weil es leicht und lecker war, und sättigten uns beinahe am gut gewürzten Blunzengröstel. Doch wir probierten auch weniger würzige Dinge wie die sauberen Schinkenfleckerl, das Wiener Schnitzel vom Schwein und den rohen Lauchsalat, denen lediglich eine Prise Salz zur Vollkommenheit fehlte (und dreiminütiges Blanchieren beim Lauch). Doch da bei den kalten Sachen wie Schinken und Käse ebenfalls eine sorgfältige Auswahl nicht zu übersehen ist, halte ich trotz der kleinen Einschränkungen auch beim Büffet die Höchstnote für angebracht. Der Garten ist nett, also klein, und befindet sich im Hof mit begrenzter Aussicht.

GLOSSAR

Aficionado (spanisch) Liebhaber, Kenner
Andouillette (französisch) Würstchen, hier: Wurstwaren
Blunzen Blutwurst
Brimsen Schafskäse
Brösel kleine (Weißbrot)krumen
Buschen über dem Eingang des Heurigenlokals befestigtes Föhrenbüschel (Kiefernbüschel), zeigt an, daß geöffnet ist, »ausg'steckt«
Choucroute Sauerkraut
Erdäpfel Kartoffeln
eskamotieren wegzaubern
faschierte Laberln Frikadellen, Bouletten
Fasching Karneval
Fisolen grüne Bohnen
Fleckerln Eierteigwaren, z. B. Schinkenfleckerln, Krautfleckerln
Fleckerlteppich aus verschiedenen Stoffresten zusammengesetzter (einfacher) Teppich
Grammeln Grieben
Gröstel geröstete Kartoffeln
Gselchtes geräuchertes Fleisch
Hendl Hühnchen
Kaiserschmarren Mehlspeise aus Pfannkuchenteig
Karfiol Blumenkohl
Karnivore Fleischfresser
Kernöl Kürbiskernöl
Kipferl Hörnchen
Knödel Kloß
Krautwickerl Kohlrouladen
Kren Meerrettich
Krügerl Henkelglas (kleiner Krug)
Laberl Laibchen
Lipizzaner weiße Pferderasse (bes. der Spanischen Hofreitschule in Wien)
Liptauer spezieller Streichkäse (Aufstrich)
Maquillage das Schminken, hier: äußeres Aussehen
Marillen Aprikosen
Millirahmstrudel Milchrahmstrudel (Rahm = saure Sahne)
Nockerln Klößchen, größere Spätzle
Önologie Weinbaukunde (wiss.)
Pedigree Stammbaum (eigentlich von Hunden, Pferden)
Rahm saure Sahne
Schmankerl (kleiner) Leckerbissen
Semmel Brötchen
Stelze Haxe (vom Schwein oder Kalb)
Strudel aus dünn ausgezogenem Teig süß oder salzig gefüllte Speise
Sulz Sülze, Fleisch oder Schinken, in Gelatine eingelegt
Surbraten in einer Sur (= gewürztes Salzwasser) eingelegter Braten
Topfen Quark
verkasematukieren »vertilgen«, sich einverleiben
Weinbeißer Weinliebhaber oder -kenner, der den Wein nicht schnell trinkt, sondern langsam »beißt«

REGISTER

Bach-Hengl 21
Barbach 173
Berger, Raimund 31
Breyer 235
Christ 217
Diem 79
Eckert 213
Feuerwehr-Wagner 85
Fritsch-Wanderer 121
Fuchs 229
Fuhrgassl-Huber 43
Haslinger 159
Hengl-Haselbrunner 111
Huber, Gerti 201
Kas Nigl 177
Kierlinger 71
Klager, Leopold 151
Klager, Gerhard 127
Lentner, Karl 225
Lentner, Richard 221
Mandahus 75
Mantler 155
Mayer am Pfarrplatz 89
Muth 103
Nierscher (Klosterneuburg) 191
Nierscher (Neustift am Walde) 51
Nikisch 163
Obermann 27
Olszewski 139
Petritsch 205
Preßhaus Huber 55
Prillinger-Metzger 107
Rabl 181
Reinbacher 131
Reinprecht 15
Schilling 209
Schmidt 147
Schübel-Auer 67
Sonnberghaus 169
Steiner 143
Steinklammer 185
Stippert 197
Strasser 135
Weinhof Zimmermann 47
Welser, Karl 95
Wieninger 117
Wieselthaler, Karl 39
Wolff 61
Wolf-Köller 35
Zimmermann 99

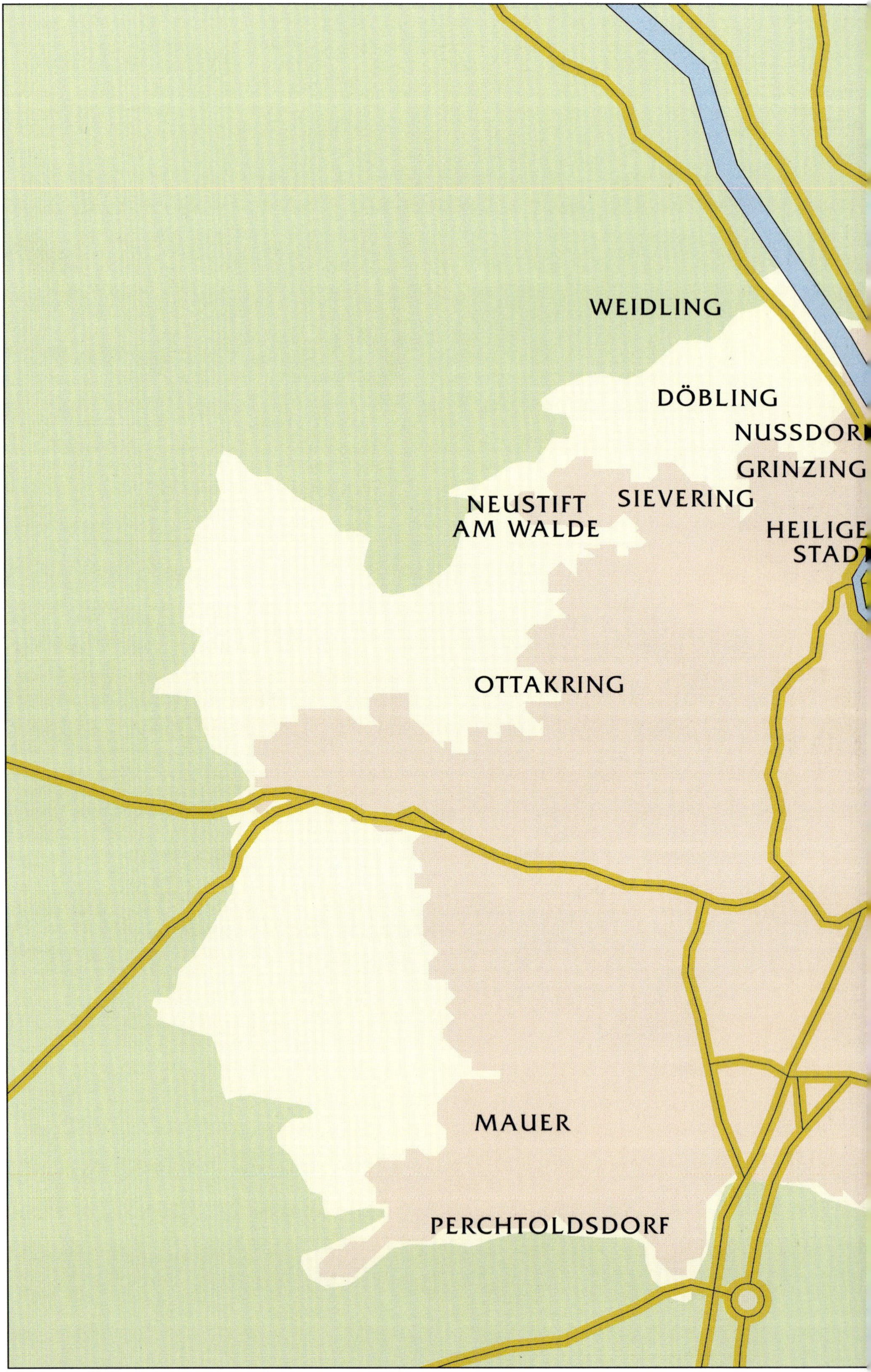
WEIDLING
DÖBLING
NUSSDOR
GRINZING
NEUSTIFT AM WALDE
SIEVERING
HEILIGE
STADT
OTTAKRING
MAUER
PERCHTOLDSDORF